KB081273

실패를 모르는 멋진 문장들

실패를 모르는 멋진 문장들

원고지를 앞에 둔 당신에게

금정연 지음

어크로스

차례

Intro — 9

1부 삶과 문장 사이에서 ──────────

나는 실패한다 — 15

그러는 동안에도 나는 한 구절을 떠올렸다 — 21

완벽한 첫 문장을 찾는 데 실패했다면 — 27

눈을 감고도 쓸 수 있는 소설의 첫 문장 — 37

그 문장들을 읽으면 멋진 사람이 될 줄 알았지 — 45

여전히 빛나는 서문들 — 49

때때로 입안에서 맴도는 제목들 — 57

인생 따위 엿이나 먹어라 — 71

당연히 농담인 줄 알았다 — 77

이럴 줄 알았으면 진작 팔아버릴걸 — 83

● 잃어버리기 위해 있는 것   — 95

● 우리 삶의 노정 중간에서   — 99

● 항상 패배하는 성숙한 사람   — 103

● 먹고살기 위해 경험한 것을 기록했을 뿐   — 107

● 이름 없는 것들에게도 삶은 있다   — 111

● 부끄러운 줄도 모르고   — 117

● 모르셨다면 이제 아시면 됩니다   — 121

● 앎으로도 어쩔 수 없을 때   — 125

2부 독자와 작가 사이에서 —————————————

● 귀를 가진 사람의 할 일   — 135

● 제발 조용히 좀 해요   — 143

● 세상의 모든 요청을 거절하는 것   — 151

● 있는지 없는지조차 더는 알 수 없는 구원자에게 ── 159

● 좋은 선생도 없고 선생 운도 없는 당신에게 ── 175

● 진정성 있는 글을 기대한 독자에게 ── 181

● 시큰둥한 독자에게 ── 185

● 오직 매혹만이 존재하던 순수한 독서의 시간 ── 191

● 앞으로도 읽지 않을 독자에게 ── 197

● 좋은 책에는 두 종류가 있다 ── 201

● 당신이 읽은 책이 무엇인지 말해달라 ── 207

● 대체 무엇이 끊임없이 글을 쓰게 만드는지 ── 211

● 매너리즘에 빠진 서평가가 다시 글을 쓰는 법 ── 217

● 서평가의 손버릇 ── 221

● 어떤 탈출 ── 225

● 남의 말은 그만 인용해 ── 237

모든 서문은 쓰기 어렵다. 그러나 《실패를 모르는 멋진 문장들》이라는 제목을 가진 책의 서문은 더 쓰기 어렵다.

먼저 이 책은 문장론이 아니라는 사실을 말해둬야겠다. 멋진 문장을 쓰는 법을 일러주는 책이 아니다. 멋진 문장을 보는 눈을 길러주는 책도 아니다. 원한다면(원하지 않기를 바라지만) 이 책을 통해 문장 쓰는 법을 배울 수 있고, 문장 보는 눈을 기를 수도 있다. 반면교사라는 말이 괜히 있는 게 아니다. 그렇다면 '멋진'이라는 수식어가 필요한 이유가 뭔가? 나는 편집자에게 물었다. 왜죠? 직접 쓰셨잖아요. 편집자가 대답했다. 19쪽, "이런 문장을 쓰고 있는 나를 부끄럽게 만드는, 실패를 모르는, 한마디로 멋진 문장들을 가지고…" 그만! 나는 소리쳤고 시키는 건 뭐든 할 테니 제발 낭독을 멈춰달라고 정중하게 부탁했다.

지금까지 나는 세 권의 책을 혼자 썼는데, 내가 제목을 지은 책은 한 권도 없다. 나는 제목을 짓는 데는 젬병이다. 멋진 문장을 쓰는 데도 젬병이긴 마찬가지다. 그런데 책 제목에 '멋진 문장'이라는 문구를 넣어도 괜찮은 걸까(심지어 실패도 모른다는데). 독자들이 속았다고 생각하고 환불을 요청하지는 않을까(구입한 사람이 있다면 말이지만). 편집자는 괜찮다고, 걱정하지 말라고 했다. 저자가 금정연인데 설마 그런 오해를 하겠냐는 것이었다. 올더스 헉슬리의 《멋진 신세계》도 정말 '멋진 신세계'는 아니잖아요. 일종의 아이러니죠.▼

물론 이 책에 실린 어떤 문장들은 멋이 있다. 하지만 그 문장이 내가 쓴 문장은 아닐 것이다. 나는 서평가, 다른 이들의 책을 읽고 글을 쓰는 우스꽝스러운 직업을 가진 사람이다. 하지만 많은 경우 내 서평은 한 권의 책이 아닌 하나의 문장에서 시작되었다. 혹은 둘. 셋. 어쩌면 다섯. 롤랑 바르트의 말처럼 뭐라도 쓰지 않을 수 없게 만드는 문장이거나, 리처드 웬트워스의 말처럼 마음에 들어서 내 것으로 만들고 싶은 문장이거나. 이 책은 그렇게 쓴 글들을 모은 것이다. 그러니 지금까지 내가 세 권의 책을 혼자 썼다는 말은 거짓말이다. 나는 어떤 책도 혼자 쓰지는 않았다. 내가 읽고 인용한 모든 책의 저자들이 그랬던 것처럼.

하나의 문장은 그 자체로 완벽할 수 있다. 하지만 그 문장을 다른 맥락 속에 위치시킬 때, 다른 문장들과 만나게 할 때, 완벽함이 생각만큼 대단한 가치가 아니라는 사실을 우리는 알게 된다. 적어

▼ 어쩐지 슬퍼진 나는 독자들이 금정연을 알까요? 라고 묻지 못했다.

도 나는 그렇게 생각한다. 이 책에 실린 글들을 쓰는 동안 다른 이들이 쓴 멋진 문장들을 강탈하고 때때로 훼손하며 나는 어떤 거리낌도 느끼지 않았다. 당신도 그랬으면 좋겠다.

★

감사 인사를 드릴 분들이 많다. 지면을 내어준 여러 매체의 담당자들에게. 분량도 스타일도 제각각인 글들을 모아 책으로 엮고 멋진 제목을 지어주신 어크로스 출판사의 구성원들에게. 내가 읽은 책과 읽지 않은 책을 쓴 모든 작가들에게. 친구들과 가족들에게. 누구보다 나의 아내에게.

지난밤 이 글을 쓴답시고 화면만 노려보고 있는 내게 아내가 다가왔다. 말없이 키보드를 가져가더니, 아내는 이렇게 썼다.

언제까지 내 남편을 괴롭힐 텐가!
내가 데려간다. 빠이

2017. 5.
금정연

1
—

삶과 문장 사이에서

나는 실패한다

---

⁶⁶

나는 문자 그대로 주옥같고 천재적인 이 작품을 요설적인 해설로
망치고 싶지 않았다.

— 리처드 휴스 《자메이카의 열풍》 옮긴이의 글

책을 고르는 당신만의 기준은 무엇인가. 종종 받는 질문이다. 기준이라고? 나는 거실 한편을 차지한 택배 상자들을 바라본다. 한 온라인 서점에서 온 택배 상자들이 뜯지도 않은 채 천장에 닿을 듯 쌓여 있다. 이것은 바벨탑인가. 아니면 인골탑인가(내 뼈를 깎아 구입했다는 의미에서). 어쨌거나 그 안에는 책이 들어 있다. 그것만은 분명하다. 하지만 무슨 기준으로 그 책들을 골랐냐고 물으면 나는 곤란해진다. 기억이 나지 않기 때문이다. 그러니 그런 질문은 온라인 서점의 서버에 하는 게 맞지 않을까.

물론 이유는 있다. 아마 있었을 거다. 수많은 책들 사이에서 하필이면 그 순간 그 책들을 사야만 했던 합리적이고 절박한 이유가. ① 좋아하는 저자의 신작이라서 ② 관심사를 저격하는 제목이라서 ③ 표지가 매력적이라서 ④ 원고에 필요해서 ⑤ 친구가 트위터에 올려서 ⑥ 머그컵을 줘서 등등. 어느 것 하나 놓칠 수 없는 이유들이다. 따라서 나는 그 책들을 장바구니에 담았고, 주문 버튼을 누를까 말까 얼마간 고민했으며, 통장 잔고를 떠올리며 눈물을 머금고 창을 닫은 후, 밥을 먹고 샤워를 하고 TV를 보다가, 어느새 장바구니 앞으로 돌아온 자신을 발견하고는(이 부분이 늘 미스터리다) 거의 반사적인 손놀림으로 순식간에 주문 버튼을 눌렀던 것이다. 차라리, 누르고야 말았던 것이다. 누르고 있어도 자꾸만 누르고 싶어서 누르고 또 눌렀던 것이다. 에라 모르겠다, 같은 마음으로 눌러버렸던 것이다.

아아, 한심하다. 너무나도 한심하다. 이래서야 제대로 된 인간이라고 할 수 없다. 주기적으로 돌아오는 자기반성의 시간을 맞이한 나는 타이핑을 멈춘다. 기분 전환이나 할 겸 웹브라우저를 연다. 프로야구 선수들의 FA 협상 기사를 읽는다. SNS를 돌며 친구들의 근황을 확인한다. 구글 이미지 검색창에 '개'라고 친다. 개봉할 영화들의 예고편을 본다. 장바구니를 연다. 주문 버튼을 누른다. 뭐라고? 장바구니를 연다. 주문 버튼을 누른다. 잠깐만요? 장바구니를 연다. 주문 버튼을 누른다. 오, 하느님 맙소사 중얼거리며 장바구니를 연다… 나도 어쩔 수 없다. 이제 내일이면 열기 전까지는 내용물을 확정할 수 없는 택배 상자(나는 이것을 '슈뢰딩거의 고양이'를 따라 '금정연의 택배 상자'라고 이름 붙일 것을 정중히 제안한다)가 하나 더해질 것이다. 어쩌면 두 개가. 실은 세 개나 네 개가….

하지만 《자메이카의 열풍》에 대해서라면 분명하게 말할 수 있다. 내가 그 책을 산 것은 어디선가 우연히 읽은 역자의 글 때문이다. 역자 김석희는 이렇게 썼다. "나는 문자 그대로 주옥같고 천재적인 이 작품을 요설적인 해설로 망치고 싶지 않았다. 게다가 잘못하다가는 이 작품의 핵심적인 비밀을 드러내버리는 실수를 저지를 수도 있겠기에 더욱 그렇다." 주옥같고 천재적인 작품이라고? 그것 참 주옥같고 천재적인 평이 아닐 수 없다. 하지만 무엇보다 내 시선을 잡아끈 건 '요설적인'이라는 부분이었다. 요설이라. 내가 프레시안북스에 연재하는 서평 코너 제목이 '금정연의 요설'이라는 말을 했던가? 내가 지은 제목이 아니라 프레시안북스 편집진이 제안한 제목이라는 것도?▼ 말하자면 나는 과연 내가 《자메이카의 열풍》을 요설적인 서평으로 망칠 수 있을지 한번 확인해보고 싶었던 것이다.

그리고 나는 실패한다.

줄거리는 단순하다. 뒤표지에 나와 있는 것처럼 "자메이카에 살고 있던 손턴 일가는 허리케인으로 죽을 뻔한 위기를 겪은 후 아이들을 고국인 영국으로 돌려보낸다. 이들이 탄 배는 곧 해적들의 습격을 받고 아이들은 인질로 잡혀가지만, 외려 변덕스럽고 철없는 행동으로 해적들을 궁지로 몰아넣는" 이야기다. 하지만 다른 많은 작가들과 달리 리처드 휴스는 변호사가 아니다. 소설가다. "어쨌든 형사 전문 변호사가 관심을 갖는 것은 사실이 아니라 개연성이다. 사실에 관심을 갖는 것은 소설가다. 소설가가 하는 일은 특정한 기회에 특정한 사람이 무엇을 했는가를 말하는 것이다." 그래서 그는 그렇게 한다. 종종 진절머리 나지만 그렇다고 외면할 수 없고, 몇 마디 말로 요약할 수도 결론을 내릴 수도 없는 인간에 대한 어떤 사실들을 소설을 통해 그려내는 것이다. 간결하고 선명하지만 말

▼ 해당 코너는 2015년 11월 《난폭한 독서》라는 제목의 책으로 출간되었다.

할 수 없는 것에 대해서는 결코 말하지 않는, 이런 문장을 쓰고 있는 나를 부끄럽게 만드는, 실패를 모르는, 한마디로 멋진 문장들을 가지고.

그러니 나는 리처드 휴스의 소설이야말로 내가 책을 고르는 기준이라는 말로 이 글을 끝낼 수도 있을 것이다. 하지만 그건 사실이 아니다. 그처럼 높은 기준을 만족시키는 책은 (내가 구입하는 책의 양에 비한다면) 턱없이 부족하기 때문이다! 나는 그저 휴스의 다른 소설들이 번역되어 장바구니에 담을 수 있는 날이 오기를 기다릴 뿐이다.

시사인 2014. 11.

그러는 동안에도 나는 한 구절을 떠올렸다
———————————————————————

66

생각을 너무 많이 하고 너무 많은 것을 읽은 젊은이의 모든 열정과 이상으로 나는 내가 해야 할 일이 아무 일도 하지 않는 것이라고 결정했다.

— 폴 오스터 《달의 궁전》

초인종 소리에 눈을 뜬다. 오전 10시. 이른 시간은 아니다. 밀린 마감을 처리하기 위해 지난 며칠 밤을 새웠다면 정상참작이 되겠지만, 누구에게나 사정은 있는 법. 변명을 해봤자 소용없다. 나는 문을 열고 택배를 받는다. 택배의 정체는 물론 책, 책, 책이다. 아슬아슬하게 쌓인 택배 탑에 하나를 더하고 다시금 침대를 찾지만 한번 달아난 잠은 좀처럼 돌아오지 않는다. 멀뚱히 천장을 바라보던 나는 상념에 빠진다. 해야만 했던 일과 하지 못한 일, 그리고 해야 할 일에 대해서. 그러니까 내가 쓰고자 했으나 쓰지 못한 글과 앞으로 써야할 글에 대해서… 라고 하면 물론 거짓말이고. 겨우 넘긴 마감과 앞으로 닥칠 마감, 다음의 마감과 마감에 대한 생각이다. 어쩐지 장애물 경주 대회에 출전한 개라도 된 것 같은 기분이다.

자, 이제 슬슬 하루를 시작하자. 유난히 약속이 많은 날이다. 지난 6개월간 작업실로 썼던 공간을 비우고 친구와 함께 시상식장에 들르고 회사를 그만둔 선배와 저녁을 먹어야 한다. 설거지와 빨래와 청소와 집 정리도 더는 미룰 수 없다. 그렇게 생각하자 이불을 뒤집어쓰고 펑펑 울고 싶어졌지만, 용기를 내 침대 밖으로 나오기로 한다. 일상이 망가져서 자질구레한 일들을 방치하는 게 아니라 자질구레한 일들을 방치해서 일상이 망가진다는 사실 정도는 알아야 하는 나이가 된 탓이다. 침대에서 멀어지는 걸음걸음마다 나는 거듭해서 마음을 먹는다. 나이 먹는 것도 서러운데 마음까지 먹어야 하다니, 빌어먹을, 벌써부터 소화제를 찾고 싶어진다.

그러니까 문제는 책이다. 여름철 곰팡이처럼 제멋대로 늘어나 방바닥을 뒤덮은 책들을 처리해야 했다. 하지만 어떻게? 방의 삼면을 채운 책장은 이미 포화 상태. 그렇다고 적당히 쌓아두기에는 정확하고 세심한 분류를 자랑하던 온라인 서점 MD 출신의 자존심이 허락하지 않는다… 라고 하면 역시 거짓말이고, 다만 내키지 않을 뿐이다. 망연자실. 내가 감당할 수 없는 책들의 사태를 바라보며 나는 습관적으로 한 권의 책을 떠올린다. 책 때문에 미칠 지경인데 또 책을 떠올린다고? 하지만 어쩌겠는가. 인생의 어느 시점에서 우리는 있는 그대로의 자기 자신을 받아들여야 한다. 거 왜, 책 속에 답이 있다는 말도 있지 않던가? 그리하여 나는 폴 오스터의 《달의 궁전》과 주인공 포그의 이야기를 떠올린다.

포그는 빅터 삼촌에게 수십 개의 책 상자를 물려받은 남자다. 무려 일흔 여섯 상자에 담긴 1492권의 책이다(여기서 우리는 그 상자가 라면 상자 정도의 크기라는 사실을 짐작할 수 있다). 도망쳐, 포그, 도망쳐! 하지만 그는 어리석지 않다. 책들을 상자에서 꺼내는 대신 그대로 두기를 택한 것이다. 그는 일흔 여섯 개의 책 상자들을 가지고 가구를 만들기 시작한다. 늘어놓은 상자 위에 매트리스를 깔아 침대를 만들고, 블록을 가지고 노는 어린아이처럼 상자를 이렇게 저렇게 조합해 탁자와 책상과 의자를 만든다. 과연 그럴듯한 방법이다. 마침 새 테이블이 필요했던 나는 책장을 뒤져 《달의 궁전》을 찾는다. 문제의 구절을 찾기 위해 책을 넘긴다. 하지만 책 속에서 나를 기다리는 것은 언젠가 밑줄을 그은 아래의 문장이다.

생각을 너무 많이 하고 너무 많은 것을 읽은 젊은이의 모든 열정과 이상으로 나는 내가 해야 할 일이 아무 일도 하지 않는 것이라고 결정했다. (34쪽)

세상에 이런 일이. 내가 바로 생각을 너무 많이 하고 너무 많은 것을 읽은 젊은이다(방금도 읽지 않았던가?). 그래서 나는 그렇게 하기로 한다. 설거지도 빨래도 방바닥을 굴러다니는 먼지 뭉치와 보기만 해도 심란해지는 책들을 내버려두고 집을 나서기로 결정한다. 아무것도 달라지지 않았지만 마음만은 한결 가벼워진 채로, 자투리 시간에 읽을 책까지 챙긴다.

물론 책을 읽을 자투리 시간은 없다. 스마트폰이 있기 때문이다. 책은 펼쳐보지도 않은 나는 작업실에 도착해 하드디스크를 정리하고 서랍을 비우고 쓰레기를 버리며 지난 반년 동안의 흔적을 지운다. 이번에도 문제는 책이었다. 생각지도 못한 수십 권의 책이 나를 기다리고 있었던 것이다. 별 수 없지. 가방과 에코백 두 개에 서른 권의 책을 나눠 담은 나는 시내를 향한다. 무쇠로 만든 조끼를 입고 수행을 떠난 무도인이라도 된 기분이다.

과연 수행의 길은 멀고도 험했다. 오랜만에 만난 친구는 내게 언

젠가 내가 빌려준 책이라며 다섯 권의 책을 내민다. 친구와 함께 찾은 시상식장에서는(신인상을 수상한 소설가 정지돈을 축하하는 자리였는데) 출판사에서 손님들에게 예쁜 봉투에 든 책 두 권을 나눠주고 있다. 선배 역시 나를 실망시키지 않는다. 마지막으로 만든 책이라며(선배는 출판편집자다) 내게 또 한권의 책을 안겨준 것이다.

그리하여 새벽. 서른아홉 권의 책과 함께 녹초가 되어 돌아온 나는 어두운 복도에 서서 비밀번호를 누른다. 하지만 문은 좀처럼 열리지 않는다. 두 개의 택배 상자가 현관문을 막고 있는 것이다. 택배의 정체는 물론 책, 책, 책이다. 다리에 힘이 풀린 나는 그 자리에 주저앉는다. 아침부터 참아왔던 눈물이 터질 것만 같다. 나를 짓누르는 책의 무게를 온몸으로 느끼며 나는 한동안 자리에서 일어나지 못한다. 물론 습관은 나를 배신하지 않았으니, 그러는 동안에도 나는 《그리스인 조르바》의 한 구절을 떠올린다. 이런 구절이다.

"두목, 당신의 그 많은 책 쌓아놓고 불이나 싸질러버리시구려. 그러면 알아요? 혹 인간이 될지?"

앰블러 2013. 4.

완벽한 첫 문장을 찾는 데 실패했다면

  "

그렇다면 두 번째 문장부터 시작하면 되는 거다.

— 베르나르 키리니 《첫 문장 못 쓰는 남자》

프랑스 문학 가운데 가장 유명한 첫 문장을 둘 꼽으라면 그것은 분명히 "오늘, 엄마가 죽었다"와 "오래전부터 나는 일찍 잠자리에 들어왔다"일 것이다. 굴드는 그 문장들을 하나씩 큰 소리로 여러 번 되풀이해 발음해보았다. 그 문장들은 언뜻 보기에는 별로 신통할 게 없다. 하지만 그 문장들의 단순함 그 자체가 진정한 천재성을 드러내고 있다는 것은 확실히 인정하지 않을 수 없다. 그 문장들을 좀 더 자세히 들여다보면서부터, 우리는 그 각각의 문장들이 앞으로 전개될 그 걸작의 내용과 꼭 들어맞게 의도적으로 구상된 것 같다는 생각을 하게 된다. (베르나르 키리니, 《첫 문장 못 쓰는 남자》, 윤미연 옮김, 문학동네, 10쪽)

베르나르 키리니의 단편 '첫 문장 못 쓰는 남자'의 주인공 피에르 굴드는 제목 그대로 첫 문장을 쓰지 못하는 작가다. 정확하게 말하면 작가 지망생(혹은 '작가(진)')이라고 해야겠지만. 마침내 작가가 되기로, 수년 전부터 구상해왔던 책을 쓰기로 마음먹는 순간, 그는 자신이 첫 문장을 쓸 수 없다는 사실을 깨닫는다. "그가 앞으로 써나가게 될 모든 것은 바로 그 첫 문장에서 비롯될" 것이라는 중압감에 허투루 시작할 수가 없는 것이다. 언젠가 데카르트가 말했던 것처럼 "토대가 무너지면 그 위에 세워진 것도 저절로 무너질 것"임을 믿고 있는 굴드는 완벽한 첫 문장을 찾느라 좀처럼 책을 시작하지 못한다.

그런 경우에 작가 지망생이 찾을 수 있는 최선의 해결책을 굴드 또한 찾는다. 좋아하는 작가들의 첫 문장을 살펴보는 일이다. 그는 카뮈의 《이방인》("오늘, 엄마가 죽었다")과 프루스트의 《잃어버린 시간을 찾아서》("오래전부터 나는 일찍 잠자리에 들어왔다")를 시작으로 무질, 조이스, 포크너, 포이스, 로렌스, 오웰, 셀린, 되블린의 첫 문장들을 찾아보지만 별다른 도움을 얻진 못한다. 위대한 작가들이 위대한 첫 문장을 쓸 수 있었던 이유는 그들이 위대했기 때문이라는 평범한 깨달음을 얻었을 뿐. 아마 작가 지망생이 찾을 수 있는 최선의 해결책이란 결국 아무짝에도 쓸모없는 해결책이라는 (여전히 쓸모없는) 깨달음을 얻기도 했을 것이다.

실의에 빠진 그는 "완벽한 첫 문장, 그가 아주 오래전부터 찾아 헤매던 문장이 마치 못된 오리처럼 그를 비웃고 있는 것 같은 느낌"에 시달린다. 오리는 그가 구제불능의 애송이라는 사실을, 위대한 작가들의 발끝에도 미치지 못하는 미미한 존재라는 사실을 끊임없이 상기시키지만 그는 인정할 수 없다. 위대한 작가가 아니라는 사실을 인정할 수 없는 게 아니라, 자신이 형편없는 첫 문장을 쓰게 된다는 사실을 받아들일 수 없는 것이다. 누가 시키지도 않았는데 저 홀로 고전을 찾아 읽다 눈만 높아진 작가 지망생의 딜레마. 그야말로 무분별한 독서의 폐해라 할 만하다. (만약 그가 책을 읽지 않았다면 책을 쓸 생각은 애당초 하지도 않았을 것이다. 그리고 이것이야

29

말로 독서의 근본적인 폐해다.)

굴드는 인용이나 패러디로 시작하는 방법("오늘 엄마가 죽었다. 그렇지만 변함없이 나는 일찍 잠자리에 들었다.")을 생각해보지만 마음에 들지 않는다. 어쩐지 비겁하게 느껴지는 것이다. 그는 작가 지망생들이 종종(실은 언제나) 작품 대신 만들어내는 문제 속에 갇혔고, 출구는 좀처럼 보이지 않았다.

보통의 작가 지망생들처럼 술과 담배, 늦잠과 자기 비하, SNS 등으로 시간을 보내는 대신 그는 고심을 거듭했고, 획기적인 해결책을 찾아낸다. 그는 생각한다. "완벽한 첫 문장을 찾는 데 실패했다고? 까짓것, 문제 될 것 없다! 그렇다면 두 번째 문장부터 시작하면 되는 거다." 유레카! 제 아무리 콜럼버스라도 깜짝 놀라 달걀을 쓰러뜨리고 말았을 거다. 발상의 전환에 성공한 굴드는 열에 들뜬 채 자신의 책을 쓰기 시작한다. 바로 이런 두 번째 문장과 함께.

(…) 바로 그 때문에 나는 거기서 멈추었다. (16쪽)

그는 뿌듯한 마음으로 자신의 두 번째 문장을 바라보지만, 무언가 잘못되었다는 것을 깨닫기까지 많은 시간이 필요하지는 않았다. 괄호와 말줄임표로 첫 문장 딜레마를 피해간다 하더라도 책을 펼친 독자에게는 두 번째 문장이 첫 문장이 될 것이고, 그것은 굴드가 원하는 바가 아니었던 것이다. 그렇다고 그것이 두 번째 문장이라는 사실을 책머리에 일러둘 수도 없는 노릇이었다. "그럴 경우 바로 그 일러두기가 책의 실제적인 첫 문장이 될 테고", 물론, 그 문장은 하나도 아름답지 않기 때문이다.

보통의 작가 지망생들처럼 허기와 숙취, 불면과 불안, 비문학적인 사회에 대한 저주 등으로 시간을 보내는 대신 고민을 멈추지 않았던 굴드는 좀 더 획기적인 해결책을 찾아낸다. 두 번째 문장을 첫 문장으로 생각한다면, 두 번째 문장도 괄호로 처리하면 된다! 세 번째 문장이 첫 문장이 된다면 그 또한 괄호로 처리하리라. 그렇다면 네 번째와 다섯 번째 문장도 괄호로 처리하지 못할 이유는 또 뭐냐? 그는 작가 지망생답지 않은 호탕함으로 새로운 작품을 써내려갔고, 하루가 채 지나기도 전에 책을 완성한다. 괄호와 말줄임표로 이루어진("(…) (…) (…) (…) (…) (…) … (…)") 그의 첫 번째 책을.

그는 자랑스러움에 취해 그것을 두 번 되풀이해 읽고 나서 지쳐 쓰러졌다. 그렇게 해서 굴드는 한 권의 소설을 써낸 작가가 되었다. 첫 문장을 시작할 수 없어서 결국 아무 내용도 쓰지 못한 소설의 작가. (17쪽)

본문에는 나오지 않지만 굴드는 다시 한 번 깨달았을 것이다. 작가 지망생이 찾을 수 있는 획기적인 해결책이란 대부분 아무짝에도 쓸모없는 해결책이라는 사실을.

만약 이야기가 이렇게 끝났다면 나는 이 글을 쓰지 않았을 것이다. 대신 가련한 피에르 굴드와 재치 있지만 결국 그뿐인 이야기를 쓴 베르나르 키리니, 무엇보다 나 자신을 위해 눈물을 흘렸겠지. 그리고 좀처럼 가시지 않는 피로와 보일러를 틀어도 도무지 따뜻해지지 않는 방, 꼬박꼬박 청구되는 각종 공과금과 도둑처럼 찾아온 마감 따위를 생각하며 시간을 보냈으리라. 하지만 (고맙게도!) 베르나르 키리니는 멈추지 않는다.

단편의 후반부에서 키리니는 노년에 접어든 굴드의 이야기를 들려준다. "첫 문장에 대한 무시무시한 두려움에 길들여졌고, 그래서 진짜 책들을 써낼 수 있"게 된, 나아가 "존경받는 작가, 유럽 전역에 알려진 유명 작가"가 된 굴드가 생의 말년에 봉착한 새로운 딜레마에 대해서. 그것은 젊은 굴드가 해결해야 했던 문제를 고스란히 뒤집어놓은 것이다. (그리고 나는 그 결말을 이 자리에 밝힘으로써 키리니의 노고를 무시할 생각은 없다.) 키리니는 세심한 솜씨로 이야기의 균형을 맞췄고, 자칫 작가 지망생들의 씁쓸한 술자리 농담에 지나지 않았을 이야기를 글쓰기의 근본 문제에 대한 질문으로, 멋진 작품으로 만들어냈다. 모두에게 좋은 일이다.

하지만 나는 속았다는 느낌을 지울 수가 없다. 완벽한 첫 문장을 찾아 몇 년 동안이나 술과 담배, 늦잠과 자기 비하, SNS 등으로 시간을 보낸 사람의 한 명으로서, 나도 모르게 그의 이야기에 스스로를 이입하고 말았던 것이다. 눈물을 닦으며(언젠가 말했지만 눈물을 흘리며 책을 읽는 일은 힘든, 정말 더럽게 힘든 일이다) 피에르 굴드의 익숙한 시행착오를 좇던 내가 기대한 결말은 이런 것이 아니었다. 나는 그가 '정신 차리고' 생업에 복귀하거나, '정신 못 차리고' 불행을 찾아 떠나거나, 실질적인 '해결책'을 찾아내기를 바랐다. 물론 그것이 우스운 일이라는 걸 나 또한 안다. 독서의 폐해를 독서로 극복하려 하다니, 정말이지 바보 같은 일이다.

심란해진 나는 내가 좋아하는 작가들의 책을 뒤져 그들의 첫 문장을 살펴본다. 정영문("어쩌면 나는 처음에 개구리에 관한 어떤 이야기를 하고 싶었는지도 모르겠다."), 볼라뇨("내장(內腸) 사실주의에 동참하지 않겠느냐는 친절한 제안을 받았다."), 부코스키("쉰 살이고, 여자와 잠을 같이 잔 지 4년도 넘었을 때였다."), 브라우티건("워터멜론 슈가에서는 여러 가지 일들이 다시, 또다시 행해졌다."), 챈들러("10월 중순 오전 열한시경이었다."), 김승옥("오늘 아침에도 그는 설사기 때문에 일찍 잠이 깨었다.")…. 심란함은, 물론, 좀처럼 가시질 않는다(나는 새삼 '가시질'이라는 표현의 묘함을 생각한다. 내 생각에 이것은 높임말이다. 해당 문장의 문법 이면에는 다음과 같은 진리가 놓여 있다. : 우리는 '심란함'에 함부로 대들면 안 된다. 그보다는 비위를 맞춰드려야 한다). 아무리 허기와 숙취, 불면과 불안, 비문학적인 사회에 대한 저주로 시간을 보낸다 해도 가시지 않을 심란함(님)이라는 사실은 이미 알고 있다.

★

여기까지 쓴 나는 자리에서 일어나 밥을 차린다. 허기라도 채우고 보자는 생각이 든 것이다. TV에서는 언젠가의 무한도전이 방영 중이다. A형 간염에 걸린 박명수를 위해 무한도전 멤버들이 소원을 들어준다는 '소원을 말해봐' 특집. 병상에 누워 있던 박명수가 뜬금없이 자서전을 쓸 테니 받아 적으라고 말한다. 황당해하는 유재석과 노홍철을 무시한 채, 박명수는 책의 첫 문장을 구술하기 시작한다. 그건 이런 문장이었다.

"1970년 8월 27일 군산 모동네에서 A형이 혈액형이다."

숟가락을 내려놓은 나는 무언가에 홀린 듯 그 문장을 큰 소리로 여러 번 되풀이해 읽어본다. 그 문장은 언뜻 보기에는 별로 신통할 게 없다. 하지만 그 문장의 단순함 그 자체가 진정한 천재성을 드러내고 있다는 것은 확실히 인정하지 않을 수 없다. 그 문장을 좀 더 자세히 들여다보면서부터, 나는 그 문장이 앞으로 전개될 그 걸작의 내용과 꼭 들어맞게 의도적으로 구상된 것 같다는 생각을 하게 된다. 내가 익히 알고 있는 그 짧은 자서전의 마지막을 박명수는 이렇게 구술한다.

이 세상을 살고 있는 자기의 꿈을 이루기 위해 노력하는 젊은이들이여. 늦었다고 생각할 때는 진짜 너무 늦었다. 늦었다고 생각할 땐 너무 늦은 거다. 그러니 지금 시작하라. (박명수,《맨발에서 2인자까지》)

어느덧 신춘문예의 계절이다. 이 땅의 모든 작가 지망생들에게 이 글을 바친다.

프레시안 2012. 11.

눈을 감고도 쓸 수 있는 소설의 첫 문장

"

오래전부터 나는 일찍 잠자리에 들어왔다.

— 마르셀 프루스트 《잃어버린 시간을 찾아서》

누군가 내게 가장 인상적인 소설의 첫 문장이 무엇이냐고 묻는다면, 나는 주저 없이 《잃어버린 시간을 찾아서》의 첫 문장이라고 말하겠다. "오래전부터 나는 일찍 잠자리에 들어왔다." 국역본을 기준으로 4500여 쪽에 달하는 대작을 프루스트는 그렇게 시작한다. 나는 눈을 감고도 그 문장을 쓸 수 있는데, 한 문장을 수십 번씩 읽는다면 누구라도 그럴 수 있다. 내가 《잃어버린 시간을 찾아서》를 수십 번 완독한 독자라는 말이 아니다. 책을 읽다 잠들었는데 다시 책을 펼쳤을 때 어디까지 읽었는지 도통 기억이 나지 않는다면 처음부터 읽는 수밖에 없는 것이다. 그러다 다시 잠들고, 다시 잠들고, 또다시… 종이 울리면 침을 흘린다는 파블로프의 개처럼, 일단 프루스트를 펼치면 나는 잠들고 만다.

이런 상황을 예견이라도 한 걸까? 프루스트는 첫 문장에 이어지는 다음 문장들을 이렇게 쓴다. "때로는 촛불을 끄자마자 즉시 눈이 감겨서 '잠드는구나' 하고 생각할 틈조차 없는 적도 있었다. 그러면서도 반 시간 후, 잠이 들었어야 할 시각이라는 생각에 깨어난다. 아직 손에 들고 있으려니 여기는 책을 놓으려고 하며, 촛불을 불어 끄려고 한다." 말하자면 그건 프루스트를 읽는 나의 모습이고 그때 내 손에 들린 책이 바로 《잃어버린 시간을 찾아서》 1권이라는 말이다. 프루스트를 읽지 않고 문학을 말해도 되는가, 자책하며 허

벽지를 찌르던 밤들이 떠오른다. 하지만 그때 내 눈에 눈물이 맺혔다면 그건 어떤 비통함 때문이 아니라 단지 하품을 했기 때문이다. 그리고 까무룩, 혼곤한 잠 속으로 빠져드는 것이다. 솔직히 말하면 나는 지금도 쏟아지는 잠과 싸우며 반쯤 눈을 감은 채 이 글을 쓰고 있는 중이다.

다행히 나만 그런 건 아닌 모양이어서, 《잃어버린 시간을 찾아서》와 수면의 관계에 대한 임상실험 결과를 심심치 않게 찾아볼 수 있다. 최근에 읽은 《소설가의 일》 프롤로그에도 비슷한 내용이 나온다. 김연수는 '마르셀 프루스트의 《잃어버린 시간을 찾아서》를 완독한다'는 신년 계획을 세우고 매일 '자기 전에' 10페이지를 읽겠다고 결심하지만 3월 4일까지 그가 읽은 건 고작 1권의 47페이지였다고 고백하며 이렇게 탄식한다. '빌어먹을 저녁식사는 아직도 끝나지 않았다." 그는 프루스트의 원고를 거절함으로써 문학사에 영원한 놀림거리로 남은 어느 편집자의 편지를 소개하기도 하는데, 꼭 내가 쓴 편지인줄 알았다. "친애하는 동료여, 제가 아둔패기라서인지는 모르겠습니다. 하지만 아무리 머리를 쥐어짜봐도, 주인공이 잠들기 전에 침대 위에서 뒤척이는 모습을 묘사하는 데 서른 페이지나 필요한 이유를 알지 못하겠습니다."

무라카미 하루키의 《1Q84》 3권에는 프루스트를 읽다 잠든 우리를 위로하는 내용이 있다. 은신처에 피신해 있는 여주인공 아오마메와 그녀의 뒤를 봐주는 과묵한 남자 다마루의 대화. 식료품과 일용품의 전달 방법을 진지하게 설명하던 다마루가 뜬금없이 묻는다. "프루스트의 《잃어버린 시간을 찾아서》는 어때?" 갑자기 교양을 시험당한 아오마메는 되묻는다. "당신은 읽었어요?" 그러자 다마루가 담담하게 말한다. "아니. 나는 교도소에도 간 적이 없고, 어딘가에 오래 은신할 일도 없었어. 그런 기회라도 갖지 않는 한 《잃어버린 시간을 찾아서》를 완독하는 건 어려운 일이라고들 하더군." 이어지는 대화는 점입가경이다. "주위에 누군가 다 읽은 사람이 있었어요?" "교도소에서 오랜 시간을 보낸 사람이 내 주위에 없는 건 아닌데, 다들 프루스트에 흥미를 가질 만한 타입이 아니었어." 그러니 《잃어버린 시간을 찾아서》를 완독하지 못했다고 해서 부끄러워할 필요는 없다. 그건 감옥에 가지 못했다고 부끄러워하는 것과 마찬가지니까.

그렇다면 이토록 읽기 어려운 작품이 그토록 많은 사람들에게 회자되는 이유는 무엇일까? 간단하다. 《잃어버린 시간을 찾아서》가 고전이기 때문이다. 언젠가 이탈로 칼비노가 정의한 것처럼, "고전이란, 사람들이 보통 '나는 …를 다시 읽고 있어'라고 말하지, '나는 지금 …를 읽고 있어'라고는 결코 이야기하지 않는 책"이고, 다시 읽고 있다고 말하기에 《잃어버린 시간을 찾아서》보다 더 적절한 책은 없다. 그리고 그건 거짓말이 아니다. 프루스트를 읽지 않은 사람은 있어도 프루스트를 한 번만 읽은 사람은 없다. 다만 끝까지 읽은 사람이 극히 적을 뿐이다. 한 가지 이유가 더 있다면, 1권의 66쪽에 나오는, 그러니까 대부분의 사람들이 포기하고 책을 덮으려는 무렵에 등장하는 홍차와 마들렌 때문이다. "그런

데 과자 부스러기가 섞여 있는 한 모금의 차가 입천장에 닿는 순간 나는 소스라쳤다. 나의 몸 안에서 이상한 일이 일어나고 있는 것을 깨닫고. 뭐라고 형용키 어려운 감미로운 쾌감이, 외따로, 어디에서 인지 모르게 솟아나 나를 휩쓸었다." 기억을 통해 삶을, 나아가 세계 자체를 되찾으려는 아름답고도 절망적인 프루스트의 시도는 바로 거기에서 시작한다. "이제야 우리들의 꽃이란 꽃은 모조리, 스완 씨의 정원의 꽃이란 꽃은 모조리, 비본 내의 수련화 마을의 선량한 사람들과 그들의 조촐한 집들과 성당과 온 콩브레와 그 근방, 그러한 모든 것이 형태를 갖추고 뿌리를 내려, 마을과 정원과 더불어 나의 찻잔에서 나왔다."

프루스트에게 기억은 그런 것이었다. 내 안에 있어 종종 떠올리며 잊지 않는 게 아니라, 그 자체로 존재하며 어느 날 홍차의 냄새와 함께 나를 사로잡아버리는 것. 최근에는 이렇게 과거에 맡았던 어떤 특정한 향기를 다시 맡음으로써 기억을 떠올리는 것을 가리켜 '프루스트 효과'라고 한다지만, 프루스트에게 홍차의 냄새가 가지는 의미는 단순한 기억의 환기를 넘어서는 것이었다. 기억 속에 냄새들이 있는 것이 아니다. 기억들이 후각 속에서 끈질기게 보존되고 있는 것이다. 그건 책도 마찬가지다. 프루스트는 '독서에 관하여'라는 에세이에서 이렇게 썼다. "만약 지금도 다시 예전에 읽었던 책들을 뒤척이기라도 하면 그 책들은 묻혀버린 날들을 간직한 유일한 달력들로 다가오고, 그 페이지들에 이제는 더 이상 존재하지 않는 저택과 연못 들이 반사되어 보이는 것을 기대하게 되는

것이다." 그러니 우리는 굳이 《잃어버린 시간을 찾아서》를 완독할
필요는 없는지도 모른다. 프루스트에게 홍차가 그랬던 것처럼, 단
지 강렬한 첫 모금만큼의 독서라도 좋다. 그게 비록 강력한 수면제
나 다름없다고 해도….

이제 원고를 마무리했으니 나 역시 차를 마셔야겠다. 페퍼민트.
잠을 쫓는 데 그보다 나은 차를 나는 알지 못한다.

오설록 2014. 12.

그 문장들을 읽으면 멋진 사람이 될 줄 알았지

66

우리는 행복한 시지프를 마음속에 그려보지 않으면 안 된다.

— 알베르 카뮈 《시지프 신화》

부조리에 대한 철학적이고도 아름다운 시론인 《시지프 신화》를 카뮈는 인상적인 문장으로 시작한다. "참으로 진지한 철학적 문제는 오직 하나뿐이다. 그것은 바로 자살이다." 그에 따르면 "인생이 살 만한 가치가 있느냐 없느냐를 판단하는 것이야말로 철학의 근본문제에 답하는 것"이고, "그 밖에, 세계가 3차원으로 되어 있는가 어떤가, 이성(理性)의 범주가 아홉 가지인가 열두 가지인가 하는 문제는 그다음의 일이다." 심지어 그런 것은 장난이라고 단언한다. 참으로 호방한 기세가 아닐 수 없다. 어디 첫 문장뿐일까. 잠시 책을 덮고 표지를 바라보자. 볼 때마다 입술이 델까 공연히 걱정하게 만드는, 그러나 정작 본인은 신경도 쓰지 않는다는 듯 트렌치코트의 카라를 세운 채 우리를 바라보는 카뮈가 그곳에 있다. '결정적 순간'의 연금술사 앙리 카르티에 브레송의 사진이다. 스무 살 내게 카뮈는 그런 존재였다. 읽지 않고는 배길 수 없는, 읽고 있으면 덩달아 나까지 멋진 사람이 될 것 같다는 착각을 주는 그런 존재. 한마디로 개간지. 물론 스무 살 청춘이 그의 글을 온전히 이해했을 리 없다. 하지만 그가 말하는 부조리의 감각이라는 것만은 분명히 느껴왔고(한국에서 중고등학교를 나온 사람이라면 내 말을 이해할 것이다) 그렇기에 《시지프 신화》의 문장들 틈으로 대책 없이 빠져들 수 있었던 것이리라.

언덕 위로 끝없이 돌을 굴려 올리는 부조리한 노동을 계속하는 시지프의 고충을 비로소 알게 된 것은 직장을 구한 후의 일이다. 2006년 8월부터 2010년 2월까지 나는 한 온라인 서점의 인문 담당MD로 일했다. 책을 좋아해서 선택한 일이다. 하지만 정작 책을 읽을 시간이 없었다. 매일 수많은 신간이 쏟아졌지만, 책은 들춰보지도 못한 채 하루가 가기 일쑤였다. 아니, 읽지도 못한 책을 어떻게 파악하고 판매한다는 말인가? 대형서점에서 16년을 일한 베테랑 서점원 하라다 마유미는 이렇게 답한다. 제목과 표지 디자인을 보고, 목차를 확인하고, 키워드에 주목해서 선 채로, 또는 걸으면서 30초 정도 본문을 읽는다고. 감탄하는 인터뷰어에게 그녀는 말한다. 담당 분야가 있는 서점원이라면 누구나 하는 일이라고. 하지만 가끔 그렇게 해도 좋은 건지 생각한다고. 자꾸 뭔가 나쁜 짓을 한 것만 같은 기분이 든다고. 도대체 누구에게 나쁜 짓을 했다는 걸까? 그녀는 적당한 말을 찾지 못한다.

　"글쎄요. 책에 대해서일까요? 단지 책만이 아니라 여러 가지로요." (이시바시 다케후미, 《서점은 죽지 않는다》)

　결국 그녀는 대형서점을 그만두고 자신만의 동네서점, 다섯 평짜리 '히구라시 문고'를 차린다. 나쁜 짓을 하지 않기 위해서. 스스로 생각하는 방식으로 '책'을 독자에게 전달하기 위해서. 나 역시 그녀의 마음을 짐작할 수 있다. 아마도 그건 매출 지상주의로

치닫는 현실을 몸으로 부딪치며 살아가야 하는 모든 서점원들의, 아니, 이상과 현실 사이에서 괴로워하는 모든 직장인들의 마음이 아닐까.

　나는 회사를 그만두고 서점을 차리는 대신 서평가가 되었지만 그렇다고 나쁜 짓을 그만둔 것 같지는 않다. 나는 종종(실은 자주) 나를 믿지 못하고 그건 내가 쓰는 글을 믿지 못한다는 말이다. 그렇게 나는 마감에서 마감으로 끊임없이 돌을 굴려 올리며 하루하루를 산다. 나도 나이를 먹었나. 꼼짝없이 나쁜 놈이 되어버렸나. 글쎄. 나는 지금도 가끔 카뮈와 그의 시지프를 생각하지만 그건 예전과는 다른 부분이다. 카뮈는 책의 한 문장을 이렇게 썼다. "우리는 행복한 시지프를 마음속에 그려보지 않으면 안 된다."

보그걸 2013. 9.

여전히 빛나는 서문들

"

나는 아무런 회한도 없이, 부러워한다. 오늘 처음으로 이 《섬》을 열어보게 되는 저 낯모르는 젊은 사람을 뜨거운 마음으로 부러워한다.

— 장 그르니에 《섬》 서문

세상에서 가장 유명한 서문으로 시작하자. 그러니까 스승의 책에 바친 카뮈의 서문에서. 정작 책의 내용보다 더 많이 회자되는 서문의 끝을 카뮈는 이렇게 썼다.

이제는 새로운 독자들이 이 책을 찾아올 때가 되었다. 나는 지금도 그 독자들 중의 한 사람이고 싶다. 길거리에서 이 조그만 책을 열어본 후 겨우 그 처음 몇 줄을 읽다 말고는 다시 접어 가슴에 꼭 껴안은 채 마침내 아무도 없는 곳에 가서 정신없이 읽기 위하여 나의 방에까지 한걸음에 달려가던 그날 저녁으로 나는 되돌아가고 싶다. 나는 아무런 회한도 없이, 부러워한다. 오늘 처음으로 이 《섬》을 열어보게 되는 저 낯모르는 젊은 사람을 뜨거운 마음으로 부러워한다. (장 그르니에, 《섬》 서문 중에서)

책에 대한 애정과 스승에 대한 우정으로 가득한 서문은 《섬》의 개정판을 위한 것이었다. 노벨 문학상을 수상하며 스승을 훌쩍 뛰어넘는 명성을 얻게 된 제자의 작은 보은이라고 할까. 하지만 정작 카뮈는 자신의 글이 실린 새로운 판본을 받아보지 못한다. 책이 나오기 며칠 전, 자동차를 타고 파리로 가던 도중 교통사고를 당해 두개골이 파열되고 척추가 부러지는 중상을 입고 그 자리에서 목숨을 잃고 말았던 것이다. 세상에서 가장 유명한 서문을 둘러싼 (흔한, 그러나 가슴 아픈) 뒷이야기다.

때로는 서문 자체가 일종의 뒷이야기가 되기도 한다. 이를테면 《아웃사이더》 출간 20주년을 맞아 새롭게 쓴 머리말의 경우. 별다른 교육을 받지 못한 가난한 청년이었던 콜린 윌슨은 책을 쓰고 싶다는 열망 하나로 매일 아침 대영박물관 열람실을 향했고, 그곳에서 1년 반 동안 써내려간 데뷔작과 함께 촉망 받는 젊은 작가가 되었다("아침에 깨어보니 자신이 유명하게 되어 있었다는 바이런 경 이래, 영국 작가는 그렇게 자발적이고 범세계적인 갈채를 본 적이 없었다"). 하지만 유명세란 대개는 부질없는 것이다. 미디어에 의해 '앵그리 영맨'의 일원으로 추앙받았던 그는, 똑같은 이들에 의해 얼마 못 가 '문학 사기꾼'으로 매도된다. 사람들에게 《아웃사이더》는 하나의 씁쓸한 농담처럼 여겨졌다. 시간이 작품에 걸맞은 자리를 되돌려 주기 전까지는. 그리하여 '아웃사이더, 그 후 20년'은 우리에게 화려한 성공과 이면의 어둠, 그리고 누구도 예상할 수 없는 작품의 운명에 대한 짧은 회고록으로 읽힌다.

가끔은 그 자체로 개별적인 작품이 되는 서문들도 있다. 벨기에 출신의 젊은 소설가 베르나르 키리니의 《육식 이야기》에 실린 엔리케 빌라 마타스의 서문이 그렇다. 독특한 상상과 가짜 인용, 철학을 능청스럽게 뒤섞는 키리니의 스타일을 흉내 내는 빌라 마타스의 서문은(실은 키리니가 그에게서 영향을 받았다고 해야겠지만), 통상적인 서문이라기보다는 또 하나의 단편 소설이라고 할 만하다. 그는 키리니가 즐겨 등장시키는 가상의 인물 피에르 굴드가 실은 자신이라고 주장하며, 그들의 소설이 그런 것처럼, 픽션과 현실의 경계를 가볍게 무시하기도 한다.

커트 보니것의 《신의 축복이 있기를 닥터 키보키언》에 부쳐진 두 개의 서문 또한 흥미롭다. 하나는 보니것 자신의 것이고, 다른 하나는 보니것이 세상을 떠난 뒤에 덧붙여진 닐 게이먼의 것이다. 임사체험을 통해 사후세계를 취재하고 죽은 자들을 인터뷰한다는 다소 황당무계한 설정을 가진 책이다. 하지만 보니것의 서문은 독자들에게 "그럴 수도 있지 않겠어?"하며 은근슬쩍 납득하게 만들고, 그의 뒤를 이은 게이먼의 서문은 아예 한 술 더 뜬다. 게이먼이 죽은 보니것을 찾아가 직접 인터뷰를 진행하는 것이다. "제가 서문을 쓰고 있습니다. 그래서 몇 가지 질문을 하고 싶습니다만" 게이먼이 말한다. "이보게, 자네 좋을 대로 쓰게나. 난 죽었으니 상관하지 않겠네." 보니것이 답한다. 게이먼이 계속해서 질문을 늘어놓자 조금 귀찮아진 보니것은 죽은 자 특유의 여유를 부리며 이렇게 말한다. "좋아, 내가 그렇게 얘기했다고 말하게나." 멋진 서문이다.

이쯤에서 고백할 것이 있다. 아마 당신도 눈치챘겠지만, 사실 위의 서문들은 하나의 예외에 속한다. 노벨 문학상 수상 작가가 옛 스승의 책에 쓴 서문이거나, 기념비적인 데뷔작의 출간 20주년을 맞아 작가 스스로 그 시절을 돌아보며 쓴 서문이거나, 자신과 닮은 스타일을 가진 동시대의 소설가를 위해 또 다른 소설가가 쓴 서문이거나, 선배 작가의 작품을 오마주한 후배 작가의 서문이거나. 한

마디로, 특별하지 않을 수가 없다는 말이다. 나는 지금까지 그것들이 마치 서문의 본질이라도 되는 것처럼 속임수를 썼다.

　이제 진실을 말하겠다. 현실의 서문은, 당신과 나 그리고 우리들이 그런 것처럼, 대체로 심심한 편이다. 가끔은 이력서처럼 표준적인 양식이 있는 게 아닌가 생각될 정도다. ① 책을 내기로 마음먹은 사정을 설명하고 ② 책이 목표했던 지점을 가리키며 ③ (주로 성실한 미국 저자들의 경우) 목표에 도달하기 위해 책이 밟고 있는 여정을 요약하고, ④ 결국 목표지점에 가닿지 못한 자신의 부덕을 미리 사과하며(이것은 물론 겸손의 표시이기도 하다), ⑤ 출판사 관계자와 가족들에게 감사를 표한다. 대부분 이런 틀을 벗어나지 않는다.

　물론 예외는 있다. 이를테면 서문을 온통 제목을 둘러싼 말장난으로 채웠던 어떤 작가의 경우. 그러니까 그 사람은… 바로 나다. 미안하다, 내가 그랬다. 하지만 나로서도 어쩔 수 없는 일이었다. 출판사에서 제시한 《서서비행》이라는 제목이 도무지 마음에 들지 않았고, 스스로에게 어떻게든 그 제목을 납득시켜야만 했었던 것이다. 때때로 어떤 서문은 그런 역할을 하기도 한다. 변명으로 가득한 서문을 보며 "아, 이 작가도 정말 이 책을 쓰기 싫었구나" 같은 생각이 들기도 한다.

　그렇다면 오늘날 비슷비슷한 서문들이 양산되는 이유는 무엇일까? 몇 가지 이유를 추측해볼 수 있다. 작가가 자신의 작품에 대해 너무 많은 말을 늘어놓는 것은 촌스럽다는 생각이 널리 퍼졌기 때문에. 혹은 책들이 빠르게 소비되고 사라지는 과정에서 후배나 제자, 혹은 동료가 정성스러운 서문을 헌사할 겨를이 없어졌기 때문에. 어쩌면 너무 많은 사람들이 책을 쓰기 때문인지도 모른다. (뜨끔)

하지만 여전히 빛나는 서문들이 있다. 정성일의 두 권의 책(《필사의 탐독》과 《언젠가 세상은 영화가 될 것이다》)에 실린 서문들은 오랫동안 그의 책을 기다려온 독자들에게 선물과도 같은 하나의 에세이라고 해야 한다. 장정일의 독서일기들에 붙은 서문 또한 책을 사랑하는 이들의 마음을 설레게 하기는 충분하다. 윌리엄 골드만이 자신의 소설 《프린세스 브라이드》에 붙인 두 개의 서문은 또 어떤가? 그리고 그 밖의 많은 서문들 역시 마찬가지다. 어쩌면 당연한 일이다. 서문 또한 작가들의 개성이 고스란히 살아 있는 책의 일부다. 사랑하는 책의 서문 또한 사랑스럽지 않다면, 그건 조금 이상한 일일 것이다.

그렇다면 이렇게 말하는 건 어떨까. '어두일미'라는 말을 따라 '서두일미'라고. 물론 서문이 본문보다 중요하다고는 할 수 없겠지만(사실 생선 머리도 생선의 몸통처럼 맛있지 않기는 마찬가지다), 어떤 책을 맛보는 데 가장 좋은 것은 그 책의 서문을 읽는 것이라고. 우리는 서문을 통해 작가가 문장을 엮는 솜씨를 엿볼 수 있을 뿐 아니라, 책을 끝까지 읽은 후 다시금 서문으로 돌아와 작가가 목표한 지점과 그럼에도 끝내 실패한 지점을 홀로 곱씹어볼 수도 있을 것이다.

▼ 여기까지 읽고 이 책의 서문을 다시 들춰보려는 독자에게 드리는 말씀 : Don't do that, please.

그것이 바로 서문이 존재하는 이유가 아닐까?▾

로파시엘옴므 2013. 10.

때때로 입안에서 맴도는 제목들

66

"조금 비참한 게 영혼에는 좋아요."

— 세스 《약해지지만 않는다면 괜찮은 인생이야》

읽지도 않았건만 때때로 입안에서 맴도는 책들이 있다. 고승 18인의 출가수행기를 모았다는 《이번 생은 망했다》나, 벨라스케스의 그림 '시녀들'에 등장하는 개가 실은 공주를 위해 '인간개' 노릇을 했던 난쟁이 바르톨로메라는 상상에서 시작한다는 《바르톨로메는 개가 아니다》, 혹은 제목부터 박력 넘치는 마루야마 겐지의 에세이 《인생 따위 엿이나 먹어라》 같은 책들이다.

말하자면 일종의 욕지기인 셈이다. 삶이 치사하게 굴 때면 신트림이 올라오듯 속 깊은 곳에서부터 나도 모르게 그런 제목들이 올라오는 것이다. 교양이라는 게 정말 필요하다면 아마 이럴 때가 아닐까? 여러분도 책을 가까이 하면 '교양 없이' 육두문자를 내뱉는 대신 책 제목을 가지고 한탄을 할 수 있다. 만약 당신이 SNS에 욕을 하고 싶은데 직장 상사가 볼까봐, 애인이 볼까봐, 부모님이나 선생님이 볼까봐, 기타 등등의 이유로 차마 하지 못하겠다면 이 방법을 강력히 추천하는 바다.

물론 나라고 늘 투덜대기만 하는 건 아니다. 불평을 하는 데는 생각보다 많은 체력이 필요하고 언젠가부터 나는 쉬이 지치기 때문이다. 여러분도 운동 따위 하지 않고 술과 담배를 즐기며 밥을 밥 먹듯 거르고 날밤을 예사로 새우면 이렇게 된다. 혹시라도 불평이 너무 많아 걱정이라면 나와 같은 생활 습관을 가져보시기를. 얼마 안 가 순한 양처럼 변한 자신을 발견하게 될 것이다. 요즘 내가 그렇다. 하지만 여기에는 함정이 있다. 겉으로 보기에는 얌전하고 별다른 돌발 행동도 하지 않는 것 같지만 한여름이면 서로 몸을 바싹 붙이고 앉아 다른 놈들이 더워서 괴로워하는 모습을 즐기며 제 몸 더운 건 꾹 참는 짐승이 바로 양이다. 과연, 나는 생각한다, 나와 비슷한 구석이 있군.

가만히 앉아 다른 녀석들이 짜증 내기를 기다리는 일에도 지칠 때면, 그러니까 '이번 생은 망했다'라거나 '바르톨로메는(나는) 개가 아니다'라거나 '인생 따위 엿이나 먹어라' 같은 제목을 중얼거리는 것도 지겹게 느껴질 때면 나는 또 다른 책을 떠올린다.《약해지지만 않는다면 괜찮은 인생이야》라는 책이다.

그 제목을 떠올리면 함께 떠오르는 기억이 있다. 스무 살의 여름. 나는 지금은 사라진 신촌 녹색극장 매점에서 아르바이트를 했다. 상영관은 모두 다섯 개였는데, 멀티플렉스처럼 한두 층에 모여 있는 게 아니라 두 층에 한 관씩 떨어져 있었다. 매점은 각 관별로 있어서 상영 중에는 별로 할 일이 없었다. 꿀이 뚝뚝 떨어지는 아르바이트다. 하지만 나는 꿀이 채 떨어지기도 전에 상영을 앞둔 다른 관으로 옮겨다녀야 했는데, 당시 내 직책은 매점 담당이 아니라 보조(시다)였고, 보조의 일은 저마다 다른 상영 시간에 맞춰 이 층 저 층을 다니며 담당을 돕는 것이었기 때문이다.

에어컨을 아무리 틀어도 좀처럼 더위가 가시지 않는 날이었다. 나는 4관 담당 누나 옆에 엉덩이를 꼭 붙이고 앉아 (음, 나를 예뻐해주던 친절한 누나 앞에서 나는 순한 양이 되었다고 해두자) 영업을 준비하고 있었다. 이윽고 영화가 끝나고 사람들이 몰려나왔는데, 고성이 들리는가 싶더니 순식간에 싸움이 벌어졌다. 남자1은 키도 크고 팔뚝도 굵은 운동선수 타입, 남자2는 왜소하고 파리한 중독자 타입이었다. 안 봐도 뻔한 싸움이었다. 남자2가 호기롭게 덤볐지만 상대가 되지 않았다. 하지만 남자2는 얼굴에 피를 흘리면서도 남자1을 향해 달려들기를 멈추지 않았다. 그러면서 계속 이렇게 외쳤다.

"씨발, 야, 너 약하냐? 너 약하지? 말해봐, 너 약하지? 응? 너 약하지 않아? 약하지? 약해?"

얼마 후 소식을 듣고 달려온 지배인이 싸움을 말렸고, 그 뒤로 두 남자가 어떻게 되었는지는 모른다. 하지만 남자2의 외침(차라리 절규)은 오랫동안 내 머리를 떠나지 않았는데, 도대체 무슨 뜻이었는지 이해가 안 되었기 때문이다. 두 가지 가능성이 있다.

①Are you weak? (혹은 Are you chicken?)
②Are you drugged? (혹은 Are you stoned?)

①이라면 말이 되지 않는다. 누가 봐도 약한 건 남자2였기 때문이다. ②라도 말이 되지 않는데, 역시 누가 봐도 약(을)한 건 남자2

였기 때문이다.

　그렇다면 나는 왜 《약해지지만 않는다면 괜찮은 인생이야》라는 책을 떠올리며 오래된 추억을 함께 떠올리는 걸까? 물론 내가 그 책을 읽지 않았기 때문이다. 나는 문득 책도 읽지 않고 제목만 내뱉는 내가 부끄러워졌고, 아까운 지면을 말도 안 되는 연상 작용으로 채우고 있는 스스로를 참을 수 없게 되었다. 내가 《약해지지만 않는다면 괜찮은 인생이야》를 읽은 건 그 때문이다.

★

　보도자료에 따르면 《약해지지만 않는다면 괜찮은 인생이야》는 "자기 고백적인 세계관으로 잘 알려진 북미 작가 세스Seth의 대표작"이다. 원제는 "It's a good life, if you don't weaken"으로 1900년대 초, 다른 만화가가 이미 썼던 제목을 다시 가져온 것이라고 한다. 그 말은 이후 제1차 세계대전에 참전한 미군 사이에서 슬로건처럼 유행하기도 했다고 하는데, 그 부분을 읽으면서는 과연 군인들이 좋아할 만하다고 혼자 수긍해버렸다. 이유는 모르겠지만.

　그러고 보니 책을 읽기도 전에 보도자료를 읽었는데, 그건 나의 오래된 습관이다. 좋지 않은 버릇인 거 같긴 하지만 딱히 고칠 마음이 들지 않아 내버려두고 있다.

　내친 김에 조금 더 읽자면 "모두가 잊은 지 오래인 만화가를 찾아 떠나는 일종의 퀘스트 저니Quest Journey라고 할 수 있는 이 작품을 미국 유수 만화잡지 《코믹 저널》에선 '20세기 최고의 만화'의 하나로 선정하기도 했"으며 "잭 캘로웨이라는 생소한 작가를 빌려 자신의 이야기를 하고 있는" 작품이라고 한다. 그러니까 내가 지금 세스라는 (내게는) 생소한 작가를 빌려 어디에도 쓸모없는 이야기를 하고 있는 것처럼. 별 거 아니네, 그런 생각이 들었다.

만화는 어느 눈 내리는 날 홀로 거리를 걷고 있는 주인공의 모습으로 시작한다. 코트에 중절모를 눌러 쓴 제법 고풍스러운 차림이다. 그리고 독백이 시작된다.

만화는 언제나 내 인생의 아주 큰 부분을 차지해왔다. 어린 시절부터 지금까지 만화 없이 내 이야기를 한다는 건 있을 수 없는 일이었다. / 여기서 내가 말하는 만화는 디즈니나 워너브라더스의 애니메이션이 아닌, 신문에 연재되던 짤막한 카툰이나 만화책들이다. / 만화는 내 뇌 용량의 대부분을 차지하고 있다. 난 늘 현실을 어릴 적에 읽었던 케케묵은 만화와 연관지어 생각하는 것 같다. / 솔직히 내가 봐도 난 만화에 너무 빠져 있다. (1~2쪽)

그는 책방에 들러 만화책을 사고, 엄마 집을 방문한다. 이런저런 불평을 늘어놓는 엄마와 정치적으로 올바르지 않은 농담을 즐기는 덜 떨어진 동생 사이에서 며칠 쉬다 그는 다시금 자신의 집으로 돌아간다. 그러는 동안에도 혼잣말을 멈추지 않는다. 세상에 대한 불평불만, 어린 시절에 대한 회상, 만화 생각, 여자 이야기 뭐 그런 것들이다.

집으로 돌아간 그는 유일한 게 분명한 친구를 만나 식물원을 구경하며 이런저런 이야기를 나눈다. 세상에 대한 불평불만, 어린 시절에 대한 회상, 만화 생각, 여자 이야기 뭐 그런 것들이다. 그리고 그는 집에 돌아가서도, 여자를 만나도, 고양이를 앞에 두고도 계속 이야기를 늘어놓는데, 세상에 대한 불평불만, 어린 시절에 대한 회상, 만화 생각, 여자 이야기, 뭐 그런 것들이다. 나는 여기서 읽기를 멈추고 책을 덮어야 하나 잠시 고민했다. 왜 이런 이야기를 읽어야 하는지 도무지 알 수 없었던 것이다. 어쩌면 내가 너무 큰 기대를 했는지도 모른다. 하지만 눈앞에 있는 책은 너무나… 오글거린다. 다 알 것 같은 이야기인 동시에 알고 싶지 않은 이야기다. 그렇지만 마저 읽기로 한다. 아직 말은 안 했지만, 나는 제법 우유부단한 성격인 것이다.

기대 그리고 실망. 나에게 자명한 진리라면 다른 사람들에게도 마찬가지겠지. 인생이란 다 그런 것 아닌가? / 기대를 하면 늘 일을 그르친다는 생각을 해본 적이 있는지? 물론 안 그럴 때도 있겠지만, 대체로 그렇게 굴러가는 거 같다. / 얼마 전, 내가 옛날 78RPM 레코드를 수집한단 얘길 들은 한 친구가 자기 나이트클럽에서 '쿨한' 폴카 밴드가 오프닝 공연을 하는데, 와서 음악 몇 곡만 틀어달라는 거다. / 난 전정긍긍했다. / 그 클럽에선 유행하는 음악이나 좋아하지, 20년대 댄스음악이나 클래식 재즈 같은 것엔 눈곱만큼도 관심이 없다는 걸 알고 있었다. / 그런데도, 그런데도… 어느새 난 한 건 멋지게 해치워서 '쿨 가이'로 거듭나는 내 모습을 마음속에 그리고 있었다. / 클럽을 가득 메운 사람들이 숨죽이고 내가 트는 아름다운 옛날 음악을 들으면서 생전 처음 깊이 감동하는 광경을 떠올렸던 것이다. 정작 현실은 / 아쉬운 실패란 말을 갖다붙이는 것조차 민망스러울 지경이다. 그건 관심을 가져주는 사람이 최소한 한 명은 있었단 뜻이니까. / 30분쯤 지나서 내 낡은 턴테이블이 멈추고 음악이 잦아들었을 때, 거기 있던 열 명 남짓한 사람들 중에 눈치챈 사람이 단 한 명이라도 있었나 싶다. 디제이가 기다렸다는 듯이 카세트 테이프 하나를 쓱 집어넣는 게 다였으니까. / 내가 그렇게 바보 같았나? / "으악!" (빙판에서 넘어진다) / 나아질 리 없다는 건 알고 있다. (29~31쪽)

우유부단하기는 주인공 또한 마찬가지다. 그리고 나는 그런 사람들의 이야기를 싫어한다. 그런데도, 그런데도… 나는 한숨을 쉬며 책장을 넘긴다.

★

단순한 이야기다. 주인공은, 그러니까 세스는, 소심하고 불평불만으로 가득하며 우유부단한데다가 융통성이라곤 없는 청년이다.

아, 이기적이기도 하다. 비대한 자아를 가지고 있고, 그런 사람들이 항상 그렇듯 자기밖에 모른다. 참으로 피곤한 팔자다. 그는 옛날 잡지를 뒤지다 우연히 캘로(잭 캘로웨이)라는 무명의 만화가를 발견하고 그에게 매료된다. 세스는 온갖 잡지들을 뒤져 그의 만화를 찾고, 그의 흔적을 쫓는다. 잡지사에 편지를 보내 캘로의 주소를 문의하기도 한 세스는, 급기야는 그의 집을 직접 찾아 나서기로 한다. "모두가 잊은 지 오래인 만화가를 찾아 떠나는 일종의 퀘스트 저니"가 시작된 것이다.

그렇다고 모두가 잊은 지 오래인 '내장 사실주의'의 어머니를 찾아 떠난 청춘의 이야기를 그리는 볼라뇨의 《야만스러운 탐정들》 같은 이야기를 떠올리면 곤란하다. 그러니까 나는 곤란했다는 말이다. 기대와는 달리 그의 여정은 뭐랄까, 한 대 때려주고 싶은 마음이 든다. 캘로의 흔적을 쫓는 한편 여자와 만나고 못되게 굴고 헤어지고, 사이사이 세상에 대한 불평불만, 어린 시절에 대한 회상, 만화 생각, 여자 이야기 뭐 그런 이야기들을 늘어놓으며… 한마디로 짜증나게 굴었던 것이다.

이놈은 구제불능이다. 나는 확신했다. 이래서야 괜찮아질 리가 없는 것이다. 그렇게 생각하며, 나는 다시금 책장을 넘긴다. 싫은데, 정말 싫은데, 어째선지 읽기를 멈출 수 없는 것이다.

그러니까 나는, 오직 자신의 머릿속에만 갇혀 있는 꼴이 보기 싫었던 것이리라. 《이번 생은 망했다》, 《바르톨로메는 개가 아니다》, 《인생 따위 엿이나 먹어라》 같은 제목을 되뇌는 것도 지쳐 고른 책이다. 약해지지만 않는다면 괜찮다길래 혹시나 하고 집어든 것이다. 그런데 주인공이란 놈이 이러고 있으니, 그야말로 속이 뒤집힐 지경이다.

나는 과거 속에 가라앉아 허우적대고 있다. 어린 시절에 해답이 있을 거라 생각하며, 지나간 시절을 곰곰이 들여다보다가 뭔가 실마리를 찾아내면 현재의 지긋지긋한 문제들도 해결될 것 같다. / 5분만 가만히 놔둬도 곧바로 우울해지는 게 나란 사람이다. 세상만사 슬프지 않은 게 없다. 안다. 내가 유난떤다는 것. 하지만 많은 게 날 우울하게 만든다. 여기 이 기름때 낀 숟가락만 해도 그렇다. 여기 진열장을 꾸며놓은 것 좀 보라지. (41쪽)

여기까지 읽었을 때 나는 책장을 향해 외쳤다. 아 진짜, 씨발, 너 약하냐?

그렇다면 이제 오기가 생긴다. '퀘스트 저니'라고 하지 않았던가. 퀘스트는 모두에게 잊힌 캘로의 흔적을 찾는 것이고, 저니란 그 여정을 뜻하는 것일 테다. 그렇다면 변화 또한 있을 것이었다. 퀘스트를 성공하건 말건, 일단 길을 떠난 이상, 그 끝에서는 반드시 다른 사람이 되어 있어야 한다는 말이다. 그게 이 장르의 법칙이다. 따라서 나는 재수 없는 주인공이 변하는 꼴을 보기 위해서라도 끝까지 책을 읽기로 한다.

마침내 다다른 마지막 장part에서, 세스는 캘로의 딸과 친구를 만난다. 그렇다고 뭔가 대단한 이야기가 나오는 건 아니다. 캘로는 이미 죽었고, 남은 이들은 만화가로서의 캘로에 대해 별로 할 말이 없다. 만화를 사랑했던 캘로는, 《뉴요커》에 연재를 하기도 하며 잠깐 성공의 문턱에 발을 올린 것도 같았던 캘로는, 그러나 만화계를 떠났고 뒤도 돌아보지 않았다. 우리의 '우울한' 주인공과는 달리, 만화 이야기는 입에도 올리지 않았다. 저는 아버지가 만화가라는 사실도 잘 몰랐어요, 딸이 말한다. 가족이 생겼고, 만화로는 가족을 부양할 수 없다는 사실을 너무나도 잘 알았기 때문일 거라고 친구는 말한다. 분명 쉽지 않았을 거라고 덧붙이는 것도 잊지 않는다. 아마 괴로웠을 거다. 그 말을 들은 세스는 착잡하다. 당연히 그럴 것이다. 가뜩이나 우울한 인간이다. 오죽했으면 특기인 장황한 독백도 늘어놓지 않는다. 휴, 나는 그제야 한숨을 돌린다. 그래 진작 이랬어야지.

망설이던 세스는 마지막으로 캘로의 어머니를 찾는다. 어차피 별다른 정보는 얻지 못할 거란 생각과 그래도 여기까지 왔는데 만나고 가야겠다는 생각 사이에서 고민하다 결단을 내린 것이다. 그리하여 어느 양로원. 캘로의 어머니를 만난 세스는 그녀에게서 또 다른 이야기를 듣는다. 캘로가 만화를 그만둔 이유를, 친구의 짐작과 똑같지만 동시에 전혀 다른 그 이유를.

"그때 결혼하시고 수지가 태어났던 거죠. 아드님이 가족을 부양하느라 만화를 접은 걸 후회했을까요?"

"무슨 소리. 수지가 그 애의 인생을 바꿔놨는데. 그림 그리는 걸 좋아하긴 했어도, 수지가 태어나기 전까지 그 애는 진심으로 행복한 게 아니었어. 알아둬요, 총각. 그 애는 10년인가 15년을 만화를 그렸다우. 제가 하고 싶은 것은 다 이루었지. 헬렌이 죽고 얼마 안되어 나도 그 애한테 그런 얘기를 한 적이 있었다네… 작가로 살았던 때가 그립지 않냐고 물어봤었지."

"뭐라시던가요?"

"조금 비참한 게 영혼에는 좋아요."

"자네한텐 불행하다는 대답으로 들릴지도 모르겠지만, 그 말을 했을 때 그 애의 미소를 봤다면 절대 그럴 수 없지. 아무렴, 그 애는 행복하게 살았어. 말없이 수긍하며 사는 삶에 만족했어." (163쪽)

조금 비참한 게 영혼에는 좋다… 미묘한 말이다. 아마 세스 또한 놀랐을 것이다. 하지만 이제 더는 독백을 하지 않는 그는 시치미를 떼며 화제를 돌린다. 캘로의 어머니에게 아드님의 작품을 가져왔는데 혹시 보시겠냐고 묻는 것이다. 그녀는 물론 좋다고 말한다. 그리고 이 만화를 통틀어 가장 놀라운 순간이 펼쳐진다.

(그녀는 가만히 미소를 띠며 아들의 그림을 본다.)

"사실 난 그애가 얼마나 그림을 잘 그렸는지는 기억이 잘 안 나."

"말년에는 회화도 좀 그리셨죠?"

"그래, 취미로 그리는 정도였지… 우리끼리 이야긴데… 크큭. 별로더라고. 재키는 훌륭한 만화가였지만, 화가로는 별로였어."

"그러니까, 어쨌든, 아드님은 좋은 분이셨단 거죠?"

"자기 자식보다 더 오래 사는 건 정말 끔찍한 일이야… 하지만 그 애가 끝내 이렇게 훌륭하게 기억되는 걸 보니 마음이 놓이네."

"이런 걸 여쭤봐도 될지 모르겠습니다만, 어떻게… 돌아가셨는지…?"

"심장마비였어. 병원에선 측관 수술까지 시도했지만, 깨어나질 못했어."

(그녀는 다시금 아들의 그림을 본다.)

"아이구 이런! 이거 진짜 재미있네… 아니, 꽤나 야한걸."

(흐뭇하게 웃으며 세스가 그녀를 바라본다.)

(밝게 웃는 그녀의 얼굴이 클로즈업 된다.)

"그 애에게 이런 면이 있을 줄은 몰랐어." (164쪽)

그렇게 이야기는 끝난다. 세스의 에고로 가득한 독백에서, 타인의 이야기로. 그리고 아들의 그림을 보는 어머니의 얼굴로. 이제까지와 별반 다를 것도 없지만 그럼에도 독자를 놀라게 하는 마지막 컷. 그것이 바로 세스의 여정이고 그 종착역이다. 그걸 뭐라고 설명할 수 있을까? 아무래도 적당한 말을 찾을 수 없는 나는, 다만 이렇게 중얼거릴 뿐이다.

약해지지만 않는다면 괜찮은 인생이야.

미디어스 2013. 12.

인생 따위 엿이나 먹어라

"

결론부터 말하자면, 항간에 떠도는 지옥이란 바로 이 세계를 뜻하는 말이다. 우리는 태어나 죽을 때까지 지옥에서 살아갈 운명에 처해 있다.

— 마루야마 겐지 《인생 따위 엿이나 먹어라》

1

처음 서점에서 《인생 따위 엿이나 먹어라》라는 제목을 봤을 때는 고개를 갸웃했다. 패기 넘치는 선언 같기도 하고 지질한 투정 같기도 하다. '인생이란 멋대로 살아도 좋은 것이다'라는 부제를 생각하면 아무래도 전자 쪽이겠지만, 여전히 미심쩍은 건 어쩔 수 없다. 치기 어린 허세로 느껴지기도 하는 것이다. 그럴 때는 저자를 확인해야 한다. 마루야마 겐지라는 이름이 보이고, 나는 고개를 끄덕인다. 그럼 그렇지. 이런 제목이 어울리는 작가가 있다면 그가 바로 마루야마 겐지다.

책날개에는 저자 사진과 간단한 약력이 실려 있다. 주름진 얼굴에 군데군데 검버섯이 피었다. 1943년생이니 놀랄 일은 아니다. 나는 아직 젊던 그의 작품들과 그것을 읽던 나의 시간들을 떠올린다. 하지만 데뷔작 《여름의 흐름》을 제외하면 내가 읽은 책들은 그곳에 없다. 근작을 기준으로 정리한 탓에 약력에서 빠진 것이다. 그만큼 많은 시간이 흘렀다. 나 또한 그만큼 나이를 먹었다. 겐지에 비하면 아직 어린애라고 해야겠지만.

그때까지는 단순한 산문집인 줄 알았다. 이런저런 매체에 발표된 원고들을 한데 묶은 후, 자극적인 제목을 붙였겠거니 생각했다는 말이다. 이런 경우, 원서의 제목과 같지 않은 것은 물론 전체적인 책의 내용과 제목이 서로 어울리지 않는 일이 다반사다. 독자 입장에서야 낚시라고 볼 수도 있겠지. 하지만 그런 건 흠도 아니고 흉도 아니다. 그런 세상이다. 자극적이지 않으면 살아남을 수 없(다고 모두가 믿어 의심치 않)는 세상이란 말이다. 인터넷 뉴스의 헤드라인이 그런 것처럼. 공연히 작가를 원망하지 않기 위해서라도 필히 목차를 확인할 필요가 있다.

총 10장으로 이루어진 책이다. 목차는 이렇다

부모를 버려라, 그래야 어른이다
가족, 이제 해산하자
국가는 당신에게 관심이 없다
아직도 모르겠나, 직장인은 노예다
신 따위, 개나 줘라
언제까지 멍청하게 앉아만 있을 건가
애절한 사랑 따위, 같잖다
…

목차만으로 독자를 압도하다니, 과연 겐지다. 판권면을 펼쳐 원제를 살핀 후 내가 일본어를 모른다는 사실을 새삼 확인한다. 스마트폰에 따르면 "인생은 똥 먹어라"라는 뜻이란다. 하하, 아무래도 내가 괜한 트집을 잡은 모양이다.

그러니 이제는 지갑을 열 차례다. 별 수 없다. 미안함을 표시하는 데는 그것만 한 것이 없다. 그것이 서른 해가 넘는 인생을 통해 내가 배운 교훈이다. 겐지라면 그런 교훈 따위는 똥이나 먹으라고 하겠지만.

2

결론부터 말하자면, 항간에 떠도는 지옥이란 바로 이 세계를 뜻하는 말이다. 우리는 태어나 죽을 때까지 지옥에서 살아갈 운명에 처해 있다. (14쪽)

겐지에 따르면 그것이 바로 우리가 직시해야 하는 현실이다. 그런 세상에 멋대로 우리를 내보낸 부모는 아무 생각이 없는 한심한 작자들이거나, 노후를 책임지게 하고 보살핌을 받고 싶어 자식을 낳은 파렴치한에 불과하다. 아무리 훌륭한 부모라고 하더라도 긴밀한 부모 자식 관계는 서로의 성장을 방해할 뿐이다. 사랑이라는 이름으로 붙어 있어봤자 다 같이 무너지는 비참한 결말을 맞을 수밖에 없다. 따라서 자식은 집을 나가야 한다. 아무리 부모가 울고불고 매달린다고 해도 자식은 부모를 떠나 자신의 두 발로 선 채 인생과 맞서야만 한다. 그렇지 않으면 어른은커녕 제대로 된 인간이라고도 할 수 없다.

국가 또한 마찬가지다. 국가란 "극소수의 인간들이 독차지한 더없이 실질적이고 구체적이며 불합리한 사유물"에 불과하다. 그들은 부와 권력을 유지하기 위해 국민들을 이용하고, 강자에게 지배받기를 원하는 국민들은 스스로의 눈과 귀를 막은 채 그들의 장단에 놀아난다. 그렇게 우리는 직장인이라는 이름의 노예가 되어 회사에 다니고, '개나 줘버릴' 신이라는 존재에 기대는 바보 멍청이가 되어 "급기야는 아무런 자책감 없이 의지와 책임을 방기할 수 있는 편안함에 중독되어, 자기 힘으로 세상을 헤쳐나가는 기쁨을 완전히 내던지고 만 폐인으로 전락"한다는 것이다. 상황이 이러할진대 우리는 현실을 외면한 채 인터넷과 TV와 쇼핑으로 시간을 보내며 썩어빠진 나태함 속에서 한심한 인생을 마감한다는 것이다. 그리고 또 우리가 얼마나 구제불능이냐면….

아니, 그만두자. 이런 식의 정리는 별 도움이 되지 않는다. 꼬장꼬장한 꼰대의 잔소리처럼 들릴 뿐이다. 어쩌면 그는 정말 꼰대인지도 모른다(꼬장꼬장한 건 확실하다). 그렇다고 그의 말을 단순한 잔소리로 치부할 수 있을까? 누구에게도 기대지 않은 채 철저히 '독고다이'로 살아온 노작가의 인생론이다. 흔한 꼰대들과 비슷한 구석이 있을지언정, 같을 순 없단 말이다. 말이란 본디 흔한 것이다. 하지만 그것을 사는 것은 다른 문제다. 겐지의 말에는 공허한 꼰대들의 잔소리와는 달리 스스로 그것을 살아낸 사람만이 가질 수 있는 박력이 있다.

따라서 문제는 인생이다. 살아가는 것이다. 겐지는 우리가 누구에게도 의지하지 않고 무엇에도 기대지 않은 채 고독 속에서, 불안도 두려움도 거리낌도 없이, 애당초 도리에 맞지 않는 삶을 마음껏 살아가야 한다고 말한다. 차라리 강요한다. 이쯤에서 눈치채셨겠지만 그는 영락없는 마초이고 둘도 없는 개인주의자다. 물론 어설픈 꼰대들하고는 급이 다른, 삶 속에서 자신의 말을 철저히 따르는 근본주의자라고 해야겠지만. 그러니 만약 당신이 그의 입장에 동의할 수 없다면, 그전에 당신의 인생을 돌아보아야만 할 것이다. 과연 당신이 살아낸 인생이 겐지의 단단한 말에 반박할 수 있는 종류의 것인지를 곰곰이 따져보아야만 할 것이다.

만약 그렇다면, 이렇게 말하시기를.

"(겐지, 당신이 말하는) 인생 따위 엿이나 먹어라!"

거 참, 절묘한 제목이다.

인물과사상 2013. 12.

당연히 농담인 줄 알았다

"

우리는 모든 연필 촉에 수반되는 불확실성과 불완전성을 받아들이
는 법을, 그러면서도 이상적인 형태를 향해 계속 정진해야 한다.
세상일은 어찌될지 모른다는 것에 대해, 그리고 각자가 놓인 상황
을 인식하는 것이 얼마나 중요한지에 대해 잘 생각하고 반성할 필
요가 있으며 그러면서도 현 상황을 개선하고자 노력해야 한다는
것이다.

― 데이비드 리스《연필 깎기의 정석》

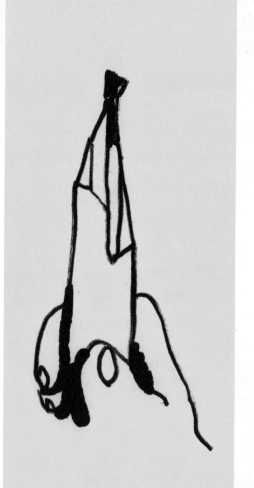

《연필 깎기의 정석》이라니, 당연히 농담인줄 알았다. 스파이크 존즈와 닐 게이먼의 호들갑스러운 '증언'도, "이게 다 농담이라고 생각하는 분들에게 짧게 한 말씀 드리지요"라는 존 호지먼의 추천사도 다소 뻔한 농담의 일부라고 생각했을 뿐이다. '문필가, 예술가, 건축가, 디자이너, 목수, 기술자, 공무원, 교사를 위한 장인의 혼이 담긴 연필 깎기의 이론과 실제'라는 부제가 어떻게 농담이 아닐 수 있을까. 그런데 이 남자, 제법 진지하다.

'HB 연필 깎기의 장인' 데이비드 리스는 먼저 자신의 도구 가방을 소개한다. 연필과 주머니칼, 연필밥을 집을 족집게와 그것을 담을 비닐 봉투, 각종 연필깎이와 작업한 연필을 안전하게 보관할 플라스틱관, LED 조명이 달린 머리띠형 확대경과 방진 마스크에 이르는 그럴듯한 구성이다. 그중 (연필을 제외한다면) 무엇보다 중요한 것은 작업용 앞치마다. 알다시피 "앞치마를 두른 남자는 프로페셔널해 보이는 법"이라고 말하는 남자를 신뢰하지 않기란 거의 불가능하다. 그의 가방에는 언제나 5.25에서 5.80달러의 비상금이 들어있는데, "현기증이 날 때 샌드위치를 사 먹기엔 충분하지만 할 일을 내팽개치고 영화를 보러 가기에는 부족한 액수"이기 때문이라고 한다. 과연 프로다.

도구를 갖췄다고 바로 작업에 들어갈 수 있는 건 아니다. 연필 깎기는 정신적인 동시에 육체적인 활동이고, 언제라도 부상을 입을 수 있는 위험한 작업이다. 그렇다고 걱정할 건 없다. 장인의 시범을 따라, 평범한 스트레칭과 만화《멋지다 마사루》의 '애교코만도' 기술 사이에 위치하는 몇몇 동작을 반복하는 것으로 충분하다. 이제 당신도 '선과 연필 깎기의 기술'의 세계에 입문할 준비가 된 것이다.

'주머니칼로 깎기'에서 '외날 휴대용 연필깎이로 깎기', '외날 회전식 연필깎이로 깎기', '다구형·다단식 휴대용 연필깎이로 깎기', '이중날 회전식 연필깎이로 깎기', '벽걸이형 회전식 연필깎이로 깎기'까지 현존하는 모든 연필깎이를 망라하는 장인은, 도구별 특성과 주의점을 꼼꼼하게 설명하며 우리에게 연필 깎기의 즐거움을 말한다. 그렇다고 달콤한 사탕발림만 늘어놓는 것은 아니다. 모든 일에는 명암이 있게 마련이고, 진지하게 연필을 깎으려는 이들이라면 언젠가는 맞닥뜨릴 치명적인 위험에 대해서도 조언을 아끼지 않는다.

우리는 모든 연필 촉에 수반되는 불확실성과 불완전성을 받아들이는 법을, 그러면서도 이상적인 형태를 향해 계속 정진해야 한다. 이는 인생의 공허함을 인정하라는 뜻이 아니다. 그보다는 세상일은 어찌될지 모른다는 것에 대해, 그리고 각자가 놓인 상황을 인식하는 것이 얼마나 중요한지에 대해 잘 생각하고 반성할 필요가 있으며 그러면서도 현 상황을 개선하고자 노력해야 한다는 것

이다. (128쪽)

그리하여 연필 깎기의 기술은 삶의 기술이 된다. 연필 축을 완벽하게 가다듬는 것조차 불가능한 게 평범한 우리들의 삶이다. 어디 그뿐인가. 깎으면 깎을수록 짧아지는 연필처럼, 더 나은 삶을 위해 노력할수록 우리의 남은 시간은 점점 짧아질 뿐이다. 그것이 바로 향나무와 흑연의 쌉싸래한 연필밥이 우리에게 주는 교훈이다. 하지만 우리는 계속해서 연필을 깎아야만 한다. 그럼에도 삶을 살아야만 한다. 그러니 지금부터라도 앞치마를 두르도록 하자. 프로페셔널해 보이는 건 언제나 중요한 법. 나 역시 앞치마를 두른 채 이 글을 쓴다(물론 집안일을 하다 마감이 떠올라 썼다는 말이다).

시사인 2013. 8.

이럴 줄 알았으면 진작 팔아버릴걸

"

"소용없군. 천진난만함이 사는 곳에서는 잡초가 결코 자랄 수 없어."

— 제임스 크뤼스 《팀 탈러, 팔아버린 웃음》

악마에게 뭔가를 파는 건 독일의 전통이다. 파우스트는 메피스토펠레스에게 영혼을 팔았고 페터 슐레밀은 회색 옷의 남자에게 그림자를 팔았으며 프라하의 대학생은 스카피넬리라는 이름의 노인에게 거울 속의 자기 자신을 팔았다. 팀 탈러는 마악 남작에게 웃음을 판다.

거래의 내용은 조금씩 다르다. 파우스트는 영혼을 팔고 젊음을 받았다. 그는 평생 공부만 한 노학자였다. 페터 슐레밀은 끊임없이 돈이 나오는 행운의 자루를 받았는데, 영혼을 주면 그림자를 돌려주겠다는 악마의 두 번째 제안은 거절했다. 프라하의 대학생 역시 금이 나오는 가방을 받았지만 사실 사기나 다름없었다. 자취방에서 대충 아무거나 골라 가겠다던 노인(=악마)이 거울에 비친 대학생의 모습을 날름 챙겨버린 것이다. 팀 탈러는 어떤 내기에서도 이길 수 있는 능력과 함께 '악마와 거래' 부문 최연소 기록을 갖게 되었다. 정리하면 이렇다.

① 파우스트 : 영혼 ↔ 젊음
② 페터 슐레밀 : 그림자 ↔ 돈이 나오는 자루
③ 프라하의 대학생 : 거울 속 자신 ↔ 금이 나오는 가방
④ 팀 탈러 : 웃음 ↔ 어떤 내기에서도 이길 수 있는 능력

아무리 생각해도 팀이 장사를 잘했다. 영혼을 파는 건 상식 밖의 일이다. (유한한) 육체의 시간이 끝난 다음 펼쳐질 (아마도 무한할) 영혼의 시간에 대해서 우리는 아무것도 모르기 때문이다. 자기가 파는 게 무언지 모르는 사람은 뒤통수를 맞기 십상이다. 한편 그림자를 파는 건 여러모로 곤란한 일이다. 그림자 사진을 찍어서 SNS에 올릴 수도 없고 자칫하면 귀신으로 몰릴 수도 있기 때문이다. 프라하의 대학생이 악마의 꼬임에 넘어간 결정적인 계기는 첫눈에 반한 여자이지만, 아무리 돈이 많다고 한들 거울도 못 보는 남자가 여자의 사랑을 받을 수 있을 것 같지는 않다. 꾸미지 않는 남자는 멋이 없기 때문이다. 그렇다면 웃음은 어떨까. 기분 좋은 웃음은 매력적이다. 하지만 차갑고 도도한 무표정 역시 똑같이 매력적일 수 있다.

한때 나는 악마와 거래하는 상상을 자주 했다. 만약 악마가 내게 웃음을 팔라고 하면 나는 뭘 달라고 하지? 그때 내 머릿속에 떠오른 건 대충 이런 것들이었다.

① 돈
② 불노불사
③ 재능
④ 초능력

①은 시시했다. 돈이야 내가 벌면 된다, 고 어린 나는 생각했다

(지금은 생각이 다를 수 있다). ②는 와닿지 않았다. 대부분의 아이들이 그런 것처럼, 나 역시 언젠가 내가 늙고 병들 거라는 사실을 실감할 수 없었다(지금은 생각이 다를 수 있다). 그렇다면 ③이다. 나는 악마의 재능으로 무엇이건 될 수 있었다. 지옥에서 온 강속구 투수! 원펀치로 상대를 쓰러뜨리는 링 위의 암살자! 악마에게 영혼을 판 기타리스트! 그런 내게 웃음은 오히려 불필요했다. 아니면 아예 ④는 어떤가?《왓치맨》에 등장하는 닥터 맨하탄처럼 웃지 않는 슈퍼 히어로가 되는 거다!

이제 나는 그런 생각을 하지 않는다. 먹고사는 생각만으로도 머리가 복잡하기 때문이다. 이제 나는 예전만큼 웃지도 않는다. 먹고사는 생각은 생각보다 더 재미가 없기 때문이다. 생각하면 억울한 일이다. 웃음을 잃었는데 재능이나 불노불사, 초능력을 얻기는커녕 돈도 얼마 벌지 못한다. 이럴 줄 알았으면 진작 팔아버릴 걸 그랬다는 생각이다. 먹고사는 생각에 사로잡혀 있는 사람이 하는 생각이란 대개 이런 식이다. 그러니 생각 같은 건 하지 않는 편이 더 낫겠다는 생각도 든다. 팀이 사는 뒷골목의 어른들도 나와 비슷한 생각일 거다.

오늘날에도 넓은 길들이 나 있는 대도시의 뒷골목을 보면 비좁기 그지없다. 얼마나 비좁은지 이쪽 창문에서 건너편 창문으로 손을 내밀 수 있을 정도이다. 만약 돈 많고 감정도 풍부한 낯선 사람이 우연히 비좁은 뒷골목을 찾는다면, 아마 이렇게 외칠 것이다.

"와, 그림 같다!"

멋진 숙녀는 '아!' 하고 숨을 내쉬며 이렇게 말할 것이다.

"얼마나 평화롭고 낭만적인지 몰라요!"

하지만 평화롭고 낭만적이란 표현은 엄청난 잘못이며 거짓이다. 왜냐하면 뒷골목에는 가난한 사람들이 살고 있기 때문이다. 부유한 대도시에 사는 가난한 사람들은 비참하고 시기심이 많고 툭하면 싸움을 벌이기 일쑤이다. 그건 그 사람들 탓만이 아니라, 좁은 길 때문이기도 하다. (22~23쪽)

좁은 골목길에서 팀은 점점 웃음을 잃어간다. 빼빼 마른 몸에 쥐 얼굴을 닮은 새엄마와 뻔뻔스러운데다 버릇도 없고 얼굴은 창백하기 그지없는 의붓형에게 시달리며, 마음의 문을 닫아걸고 잔뜩 자존심만 내세우는 아이가 되어간다. 만약 마악 남작이 때맞춰 나타나지 않았다면 팀은 여느 어른들처럼 먹고사는 생각에 바빠 웃을 겨를이 없는 가난한 마음을 가진 어른이 되었을 거다. 그러니 팀은 운이 좋은 편이다.

팀의 생각은 다르다. 경마를 통해 부자가 되고 새엄마도 더 이상 그를 괴롭히지 않지만 팀은 어느 때보다 불행하다고 느낀다. 부자가 되더니 거만해졌다고 수군대는 이웃들의 시선. 끝을 모르는 새엄마의 탐욕. 하지만 팀이 견딜 수 없는 건 웃지 못한다는 사실 그 자체다. 웃지 못하는 팀은 즐거워할 수도 없고 노래를 부를 수도 없다. 팀은 웃음을 돌려받기 위해 마악 남작을 찾아 나선다.

우여곡절 끝에 남작의 회사 후계자가 된 팀에게 마악은 부의 온갖 달콤함을 누리게 한다. 오직 돈으로만 살 수 있는 모든 편안함과 아름다움. 팀은 조금씩 부에 젖어간다. 자기도 모르게 새로운 사업 아이템을 제안하기도 하고 왕처럼 사는 꿈을 꾸어보기도 한다. 그럴 거면 그냥 웃지 못하는 부자인 채로 사는 게 낫지 않나. 웃을 일 없는 가난한 사람보다는 차갑고 도도한 재벌 2세가 낫지 않나. 좋은 생각이나 하면서 평화롭고 낭만적인 풍경이나 즐기는 게 낫지 않나. 그런다고 누가 팀을 욕할 수 있나, 나는 생각한다. #먹고사는생각의예

하지만 팀은 그렇게 하지 않는다. 두 가지 이유가 있다. 하나. 팀이 이 책의 주인공이기 때문에. 둘. 팀이 아직 어리기 때문에. 두 번째 이유에 대해서라면 약간의 설명이 필요할 거 같다. 끓는 물이 담긴 냄비에 개구리를 넣으면 개구리는 깜짝 놀라 뛰쳐나간다. 반면 찬물에 개구리를 넣은 다음 서서히 온도를 높이면 개구리는 온도 변화를 알아차리지 못한 채 유유히 헤엄치다가 개구리탕이 된다. 자기도 모르는 사이에 웃음을 잃어버린 어른들과 달리, 팀은 자기가 잃어버린 게 무엇인지를 누구보다 잘 아는 사람이다.

서서히 끓는 냄비에서 삶아진 개구리=어른들
끓는 물이 담긴 냄비의 개구리=팀 탈러

물론 어른들은 웃음을 완전히 잃어버리지 않았다. 죽어버린 개

구리와는 사정이 다른 것이다. 하지만 많은 경우 어른들의 웃음은 억지웃음이다. 팀의 좋은 친구 요니는 말한다.

"형식적인 예의로 웃는 웃음이 비위를 상하게 할 수 있다는 건 나도 인정해. 바닷가 음식점의 늙은 아주머니들이 새벽부터 밤까지 배실거리는 걸 보면 정말 싫어. 그 아주머니들은 술은 안 된다고 할 때도 웃고, 음식을 접시에 담아 줄 때도 웃어. 그뿐만이 아냐. 교회 가라고 권할 때도 웃고, 심지어는 네가 죽는다고 해도 웃을 거야. 웃고, 웃고, 또 웃지. 아침에도, 점심때도, 저녁에도 웃어. 그건 정말 참을 수 없는 웃음이야! 하지만…" (200쪽)

외부의 자유는 재산으로 얻을 수 있다. 하지만 내면의 자유는 다른 재산, 바로 웃음으로 얻을 수 있다. 웃음은 마음의 자유이다. 억지로, 비위를 맞추기 위해서, 물건을 팔기 위해서 웃는 웃음은 마음의 자유와 정반대에 있는 것이다. 대부분의 어른들은 마음의 자유를 잃어버린 사람들이다.

그러니 그런 어른이 되지 않기 위해서라도 팀의 이야기에 귀를 기울여두는 게 좋을 것 같다. 팀은 어떻게 교활한 마악 남작을 상대로 웃음을 되찾을 수 있었을까? 몇 가지 이유가 있다. 하나. 팀이 이 책의 주인공이기 때문에. 둘. 팀이 용감하고 지혜롭고 때를 기다리며 좋은 친구를 사귀었기 때문에. 셋. 악마의 존재를 믿지 않았기 때문에. 가장 중요한 건 세 번째다. 악마는 자신의 존재를 믿는 사람의 마음속에 두려움을 심어놓지만, 믿지 않는 사람에게는 아무런 힘도 쓰지 못하기 때문이다. 그것이 악마를 숭배하는 사람들에 대한 이야기에 심드렁한 반응을 보이는 팀에게 마악 남작이 그토록 화를 내는 이유다.

"악마 따위엔 관심도 없다는 거냐, 뭐냐?"

팀은 남작이 그런 말에 왜 그렇게 흥분하는지 이해가 되지 않았다. 천진하게도 팀이 물었다.

"정말로 악마가 있어요?"

(—화가 난 남작이 마술을 부리려 하지만 실패한다.—)

"소용없군. 천진난만함이 사는 곳에서는 잡초가 결코 자랄 수 없어."

주문과 마찬가지로 이 말도 무슨 뜻인지 몰랐던 팀은 그제야 안락의자에서 몸을 일으키며 물었다.

"뭐가 소용없단 말이에요?"

"중세가!"

밑도 끝도 없이 남작이 대답했다. (169~173쪽)

남작이 말하는 잡초는 아마도 먹고사는 생각과 먹고사는 생각으로 가득한 마음에 자라는 또 다른 생각들일 것이다. 부정적이고 어둡고 비참하고 시기심과 남 탓으로 가득한 생각들. 우리는 종종 이해할 수 없는 사람들, 자신과 반대편의 입장에 서 있는 사람들을

가리켜 악마 같다고 말하곤 한다. 하지만 그거야말로 손해 보는 장사다. 아무런 대가도 없이 악마에게 자신의 마음을 내어주는 것이나 다름없기 때문이다. 그런 생각은 아무것도 바꾸지 못한 채 악마의 배만 불릴 뿐이다. 그렇게 우리는 마음의 자유를 잃어버린다.

어른이 되는 건 곤란한 일이다. 충분히 운이 좋지 않다면 먹고사는 생각에 짓눌려 좀처럼 다른 생각을 할 수가 없다. 아니, 운이 좋다고 해도 마찬가지인지 모른다. 아무리 잘 먹고 잘산다고 해도 더잘 먹고 더 잘살고 싶다는 생각이 들게 마련이니까. 성공한 동화작가였던 제임스 크뤼스는 언젠가 이렇게 말했다.

성공은 뻐꾸기 알처럼 미심쩍다. 성공의 둥지에 들어온 자는 그놈을 먹여 살리는 데 신경 쓰지 않도록 주의해야 할 것이다. 그렇지 않으면 자기 새끼가 소홀히 다루어진다. 뻐꾸기와 성공은 그러지 않아도 질긴 생명력을 갖고 있다. 그래서 다음 수십 년 동안 나는 성공이 매우 불확실한 일에 매달려보겠다. 50세에 나는 장편소설을 쓰기 시작할 것이다. 70세에는 굶주리지 않으면 공로패를 받게 될 것이다. 85세에·나는 슬픔과 괴로움 없이 죽고 싶다. 그리고 삶이 끝날 때, 좀 더 나은 생활수준보다는 좀 더 나은 논거들이 더 중요해져 있길 꿈꿔본다.

논거가 독일어로 정확히 무슨 단어를 가리키는지는 모르겠지만, 나는 그것이 일종의 이성이라고 생각한다. 어두운 생각에 휩쓸리지 않고 올바른 판단을 할 수 있는 마음의 힘. 웃음과 함께 인간을 인간답게 만들어주는 핵심. 악마가 우리의 마음을 유혹하려 할 때 우리가 기댈 수 있는 건 그것뿐이다. 그러니 먼 훗날, 먹고사는 생각에 치여 마음의 자유를 잃어버리려 할 때 이 책을 떠올려주기를 바란다. 요니 아저씨가 팀에게 들려준 영국 속담도 함께.

내게 웃음을 가르쳐다오, 내 영혼을 구해다오!

《팀 탈러, 팔아버린 웃음》 추천사, 2016. 2.

잃어버리기 위해 있는 것

작가들은 그들의 언어가 만들어내는 패턴들을 믿으며, 그것이 쌓여 생각으로, 이야기로, 진실로 이어지길 바라고 또 그것에 의지한다. 사별의 고통과 무관한 사람이든, 아니면 거기서 헤어나지 못하는 사람이든 상관없이 그들을 구원해주는 것이 바로 이것이다.

— 줄리언 반스 《사랑은 그렇게 끝나지 않는다》

한 남자의 아내가 죽는다. 남자의 비탄이 신들의
마음을 움직이고, 신들은 그에게 저승으로 내려가 아내를 찾아 다
시 지상으로 돌아오도록 허락한다. 그러나 조건이 하나 붙는다. 그
들이 지상으로 올라오기 전까지 그는 절대로 그녀의 얼굴을 들여
다보아선 안 된다. 이를 어길 경우, 그는 그녀를 영영 잃게 될 것이
다. 그 후 그가 앞서서 그녀를 저승에서 데리고 나올 때, 그녀는 그
를 설득해 뒤를 돌아 자신을 보게 한다. 그 자리에서 그녀는 죽고,
그녀를 향한 그의 비탄이 다시 시작되니, 전보다 더 애끊는 듯하
다. 그는 자신의 검을 끌어당겨 자살한다. 이에 사랑의 신이 아내
를 향한 그의 극진한 마음에 노여움을 풀고 에우리디케를 다시 소
생시킨다. (152쪽)

　　줄리언 반스가 요약한 글리크의 오페라《오르페우스와 에우리디
케》의 줄거리다. 절절한 이야기이긴 하지만 의구심이 드는 것도 사
실이다. 아내의 목숨이 걸린 상황에서 뒤를 돌아보는 남자를 과연
현명한 남편이라고 할 수 있을까? 반스도 동의한다. 제정신을 가
진 남자라면 어떤 결과가 올지 알면서도 뒤돌아 에우리디케를 보
지는 않았을 거라는 거다. 그게 이치에 닿는다. 하지만 우리가 잊
고 있는 사실이 있다. 남자들은 때때로 아무것도 아닌 일에도 제정

신을 잃는데, 아내를 잃은 남자라면 두말할 것도 없다는 사실이다. 그러니 아내를 잃고 다시 본 오페라에 대한 반스의 감상이 같을 리 없다. 그는 이렇게 쓴다.

물론 오르페우스는 간청하는 에우리디케의 얼굴을 돌아볼 것이다. 어찌 돌아보지 않을 수 있단 말인가. 왜냐하면 '제정신 가진 어떤 인간도' 그럴 리가 없겠지만, 정작 오르페우스 자신은 사랑과 비탄과 희망 때문에 정신이 나간 상태이니 말이다. 한번 흘긋 보기만 해도 세상을 잃는다고? 물론이다. 세상이란 그렇게, 바로 그와 같은 환경하에 잃어버리라고 존재하는 것이다. 등 뒤에서 에우리디케의 목소리가 들려오는데 어느 누가 서약을 지킬 수 있단 말인가. (153쪽)

그래도 오르페우스는 운이 좋은 편이다. 저승으로 내려갈 수 있었고, 서약을 지키지 않았음에도 불구하고 아내를 되살릴 수도 있었으니까. 《사랑은 그렇게 끝나지 않는다》는 그런 일들이 불가능해진 세상에서 아내를 잃은 남자의, 그러니까 반스 자신의 이야기다. 오르페우스가 리라를 연주했다면, 반스는 글을 쓰고 있는 것이다. 물론 우리가 살고 있는 세상엔 그의 비탄을 들어줄 신도, 그가 쫓아갈 지하세계도 없다. 우리에게 남은 것이라고는 신이 죽은 자리를 차지한 비행선의 관점(19세기 후반에 기구를 타고 하늘을 날았던 세 실존인물의 이야기를 다룬 1부 '비상의 죄')와 모든 것이 끝난 후 몸을 뉘일 6피트 깊이의 지하(아내를 잃은 심경을 고백하는 3부 '깊이의 상실'), 그리고 그 사이의 평지(1부의 인물들이 얽힌 허구적 러브스토리를 그린 '평지에서')뿐이다. 과연 반스답다는 생각이 드는 정교한 구성을 통해 그는 아내의 죽음으로 잃어버린 세상을 다시 구축하고 있는 것이다.

작가들은 그들의 언어가 만들어내는 패턴들을 믿으며, 그것이 쌓여 생각으로, 이야기로, 진실로 이어지길 바라고 또 그것에 의지한다. 사별의 고통과 무관한 사람이든, 아니면 거기서 헤어나지 못하는 사람이든 상관없이 그들을 구원해주는 것이 바로 이것이다. (141쪽)

그런데 뭔가 꺼림칙하다. 사랑하는 아내를 잃은 남편의 애가를 이토록 무미건조하게 소개하고 있자니 어쩐지 내가 반사회적 인격 장애를 가진 것처럼 느껴지기도 한다. 별 수 없다. 반스가 몇 번이나 반복해서 말하고 있는 것처럼, 사별이란 당해보지 않은 사람은 모르는 것이고, 슬픔은 오직 그 자신의 것이다. 그가 아무리 정확한 언어로 그것을 표현하고 있다고 해도 나는 그것을 온전히 이해할 수 없단 말이다. 그리고 가능하다면, 앞으로도 영원히 이해하지 못했으면 좋겠다. 이제 결혼 3개월 차에 접어드는 새신랑의 입장에서 말하자면, 정말이지 그런 건 생각도 하기 싫다.

시사인 2014. 6.

우리 삶의 노정 중간에서

"

시도하기 위해 희망할 필요도 없고, 지속하기 위해 성공할 필요도
없습니다.

— 롤랑 바르트《롤랑 바르트, 마지막 강의》

누군가 5년 전의 나에게 당신은 앞으로 잡문을 써서 생계를 꾸리게 될 거라고 말했다면 나는 웃음을 터뜨렸을 거다. 나도 그 정도의 아량은 있다. 하지만 그가 (글만 써서는 먹고 살기 힘드니) 부업으로 독자와의 만남 같은 행사의 사회를 보게 될 거라고, 가끔은 좌담이나 인터뷰를, 심지어 강연을 하기도 할 거라고 말한다면 나는 당장 그의 싸대기를 날렸을 것이다.

가장 친한 친구가 결혼식 사회를 부탁했을 때도 고사한 나다. 녀석은 괜찮다고, 다 이해한다고 말하며 오히려 나를 위로했다. 아마 예의상 물었던 것 같다. 대학시절 조별 과제를 할 때면 뭐든지 할 테니 발표만 시키지 말아달라고 빌던 것도 나였다. 그러고 나면 며칠을 끙끙 앓아야 했는데, 조원들에게 밥과 술을 사야 하니 용돈 좀 달라고 아무리 빌어도 엄마는 꿈쩍하지 않았다.

《롤랑 바르트가 쓴 롤랑 바르트》의 서문에서 바르트는 권태에 대해 말한다. "그것은 공황처럼 엄습하는 권태였으며, 견딜 수 없는 괴로움으로까지 진행된다. 예를 들면 토론회, 강연회, 아는 사람이 거의 없는 낯선 밤 파티, 집단적인 놀이 등을 통해 내가 맛보는 권태." 바로 옆 페이지에는 두 개의 사진이 있다. 콜레주 드 프랑스의 강의실에서 마이크를 잡은 채 조금 뻬딱한 자세로 앉아 학생들이 아닌 다른 곳을 보고 있는 바르트의 사진("괴로움 : 강연")과 다른 사람들과 함께 테이블에 앉아 영혼이 빠져나간 듯한 얼굴을 하고 있는 바르트의 사진("권태 : 원탁 토의").

하지만 내게 그것은 권태가 아닌 두려움으로 다가왔다. 사람들 앞에서 말할 때면 발가벗겨지는 듯한 기분이 들었다. 차라리 발가 벗는 게 낫겠다는 생각도 했다. 최소한 말을 할 필요는 없을 테니까. 물론 실제로 벗지는 않았다. 남들에게 보이기에는 배가 너무 나온 것이다(결혼을 한 후로 부쩍 그렇게 되었다). 다행인지 불행인지 이제는 더 이상 그런 생각을 하지 않는다. 어느새 이골이 난 모양이다. 남들 앞에서 말을 하는 데에도, 이런 글을 쓰는 데에도. 그러자 바르트를 조금은 이해할 수 있었다.

《롤랑 바르트, 마지막 강의》는 1978년부터 1980년 바르트가 세상을 떠나기 직전까지 콜레주 드 프랑스에서 했던 강의를 담은 강의록이다. 바르트는 첫 번째 강의를 단테의 인용으로 시작한다. "단테는 이렇게 썼습니다. '우리 삶의 노정 중간에서.' 이 구절을 썼을 때 단테의 나이는 35세였습니다. 지금의 나는 그보다 나이가 많고, 따라서 산술적으로 계산해보아 삶의 노정에서 중간보다 멀리 와 있습니다." 하지만 그가 말하는 중간은 산술적인 것이 아니다. 그것은 우리에게 남은 시간이 그리 많지 않다는 사실을 깨닫는 일종의 분기점이다. 분기점에 선 그는 생각한다. "뭐라고요? 죽을 때까지, 내가 죽을 때까지 단지 바뀔 뿐인(아주 조금!) 주제들에 대해 늘 논문을 쓰고, 강의를 하고, 강연을 하게―기껏해야 책을 쓰게―될 거라고요?" 아니, 그럴 수는 없다. 그는 새로운 삶을 선택한다.

바르트는 글을 썼던 사람에게는 새로운 삶의 장(場) 역시 글쓰기일 수밖에 없다고 말한다. 새로운 글쓰기를 실천함으로써 과거의 지적 실천과 결별하는 것. 그래서 그는 소설을 쓰기로 한다. 사랑하는 어머니를 잃고 실의에 빠져 있던 그에게 소설-쓰기는 새로운 삶을 향한 돌파구였고, 새로운 삶 그 자체였다. 《새로운 삶Vita Nova》은 또한 그의 소설 제목이기도 했다. 하지만 그는 소설을 완성하지 못했다. 1980년 2월 25일, "소설의 준비"라고 이름 붙인 강의의 마지막 수업을 마치고 나가는 그를 세탁소 트럭이 덮쳤고, 한 달 후 그는 세상을 떠났다. 비통한 아이러니.

이 글을 쓰는 나는 서른다섯 살이고 삶의 분기점에 섰다고 느낀다.▼ 새로운 삶이 무엇인지는 나도 잘 모르겠지만 한 가지는 분명하다. 만약 5년 후의 내가 나타나 앞으로도 너는 잡문을 쓰고 사회를 보며 가끔은 강연을 하면서 생계를 유지할 거라고 말하면 나는 당장 그의 목을 조를 것이다. "시도하기 위해 희망할 필요도 없고, 지속하기 위해 성공할 필요도 없습니다." 700쪽에 달하는 《롤랑 바르트, 마지막 강의》를 읽으며 나는 그 문장을 거듭해서 생각했다.

시사인 2015. 5.

▼ 이 각주를 다는 나는 서른일곱이고 여전히 분기점에서 벗어나지 못하고 있다. 영원한 고통….

항상 패배하는 성숙한 사람

"

매일의 압박은 우리 모두에게 영향을 준다. 이따금, 그저 조간신문을 읽거나 텔레비전 뉴스를 보는 것만으로 좌절하게 되는 때도 있다. 그럴 때면 자기 자신에게, 가족에게, 동료에게, 가게에서 만나는 사람에게, 물론 우리나라 정부에도 화가 미친다. 이 모든 분노를 뒤로하고 매일의 일과를 계속해나가려면 상당히 성숙한 사람이 되어야 한다.

— 찰스 슐츠《찰리 브라운과 함께한 내 인생》

그 많은 아이디어를 어디서 얻나요? 찰스 슐츠에게 독자가 물었다. 찰리 브라운과 그의 개 스누피가 등장하는 코믹 스트립 《피너츠》를 75개국 2600여 신문에 50년 동안 연재한 그다. 스토리 작가나 어시스턴트의 도움 없이 17,897개의 코믹 스트립을 스스로 그리며 그만큼의 마감을 넘긴 것이다.

솔직히 저도 잘 모르겠습니다. 슐츠가 대답했다. 어디서 그 짧은 문장이 오는지, 왜 어떤 날은 하루에 아이디어 열 가지도 떠올리는데 어떤 날은 하나도 떠올릴 수 없는지 저에게도 수수께끼입니다. 다만 아이디어 중 일부는 과거의 기억에 기대고 있는데, 이를테면 토요일 오후 연속상영 영화를 보기 위해 다른 아이들과 함께 극장 앞에 줄을 서던 기억 같은 것이다.

하루는 극장에서 선착순 500명에게 캔디바를 주겠다고 광고했다. 길게 늘어선 줄. 마침내 어린 슐츠의 차례가 되자 매표원이 그에게 말했다. "미안하구나. 캔디바가 떨어졌단다." 슐츠는 501번째로 줄을 섰던 아이였고 40년 후 그 자리는 찰리 브라운의 것이 된다.

역사상 가장 성공한 만화가 중 한 명인 찰스 슐츠와 달리 찰리 브라운은 어린 패배자다. 그는 럭비공을 꼭 붙들고 있겠다는 페퍼민트 패티의 말에 속아 번번이 뒤로 자빠지고, 그가 투수로 뛰는

야구팀은 한 번도 이긴 적이 없다. 그의 개는 그의 이름을 기억하지 못해 둥근 머리의 아이라고 부른다. 우리가 익히 아는 슐츠의 캐릭터들이 채 완성되기 전인 초기의 연재분에서부터 찰리 브라운(최근 출간된 《피너츠 완전판》을 보면 그때 그는 어설픈 어린 건달이었다)은 바이올렛에게 수천 개의 구슬을 잃고 루시에게 연속 일만 패를 당하며 체커 게임의 역사에 새 장을 연다. 《피너츠》의 주제를 묻는 독자에게 슐츠는 이렇게 말했다. "굳이 찾아보자면 찰리 브라운이 항상 패배하면서도 결코 포기하지 않는 게 주제 아닐까요?"

어린 내가 《피너츠》의 세계에 빠져든 건 아마 그런 이유 때문이었던 것 같다. 이기는 건 근사하지만 그만큼 힘이 드는 일이다. 지나치게 노력하거나 상심하는 대신 패배에 익숙한 찰리 브라운에게 감정이입을 하는 건 나쁘지 않은 전략이었던 셈이다. 찰리 브라운은 매일 한숨을 쉬며 말한다. "못 참겠어." 그리고 그는 참는다. 찰리 브라운, 참 좋은 녀석이지!

내가 미처 알지 못했던 건 그런 태도만으로는 삶을 꾸려나갈 수가 없다는 사실이다. 유감스럽지만 우리는 더는 어린아이가 아니고 코믹 스트립의 주인공도 아니다. 심지어 개도 없다. 대신 우리에게는 직업이 있고 가정이 있으며 매달 납부해야 하는 고지서가 있다. 도대체 누가 그런 걸 생각해낸 건지는 모르겠지만.

슐츠는 만화가의 일에서 가장 어려운 것은 끝나지 않고 매일 연속되는 마감 일정 속에서 일정한 품질을 유지하는 것이라고 말한다. 인생에서 맞닥뜨리게 되는 많은 문제를 껴안은 채 자기 만화의 수준을 유지해야 할 뿐 아니라 그 수준을 끊임없이 향상시켜야 한다는 것이다.

"내게는 한동안 악몽에 시달렸던 시기가 있었다. 몇 주에 걸쳐 나쁜 꿈이 불규칙하게 나를 찾아왔는데, 걷잡을 수 없이 엉엉 우는 꿈을 꾸고 난 뒤에 잠에서 깨면 끔찍하게 우울했다. 이런 일을 무시하는 것, 그리고 모든 일을 떨쳐버리고 재미있는 만화를 생각하는 일은 당연히 쉽지 않다. 매일의 압박은 우리 모두에게 영향을 준다. 이따금, 그저 조간신문을 읽거나 텔레비전 뉴스를 보는 것만으로 좌절하게 되는 때도 있다. 그럴 때면 자기 자신에게, 가족에게, 동료에게, 가게에서 만나는 사람에게, 물론 우리나라 정부에도 화가 미친다. 이 모든 분노를 뒤로하고 매일의 일과를 계속해나가려면 상당히 성숙한 사람이 되어야 한다."

《찰리 브라운과 함께한 내 인생》에서 볼 수 있는 건 창작의 비밀이 아니다. 숨겨진 뒷이야기도 아니다. 자기가 좋아하는 만화를 그리기 위해 평생 고군분투한 한 만화가의 모습이다. 그는 성숙한 사람이었고 성숙한 만화를 그렸다. 고마워요, 찰스 슐츠!

시사인 2016. 1.

먹고살기 위해 경험한 것을 기록했을 뿐

―――――――――――――――――――――――――――

"

이 괴상망측한 사회가 비틀거리면서도 여전히 굴러갈 수 있는 이
유는 수많은 사람들이 정당한 보상을 받지 못했음에도 자신이 하
는 일에 최선을 다하고 있기 때문이다.

― 한승태《인간의 조건》

"너 혹시 공장에서 일할 생각 없냐?" 오징어순
대를 한입 크게 베어 물던 내게 선배가 물었다. 출판 편집자로 일
하는 선배다. 나는 반쯤 삼킨 안주를 도로 뱉으며 선배를 바라봤
다. 우리가 벌써 취한 건가? 설마. 그렇다면 순대가 이렇게 뜨거울
리 없다. 우리는 방금 만났고 이제 첫 잔을 비웠을 뿐이다. 하지만
몇 잔을 연거푸 마신 것처럼 머릿속이 멍해지는 걸 보니 어쩌면 정
말 취했는지도 모르겠다는 생각이 들기도 했다.

이어지는 이야기는 뜻밖이었다. 냉정한 편집자의 시선으로 사랑
하는 후배에게 전업을 권하는 것도, 먼 친척에게 공장을 물려받은
것도 아니었다. 이런저런 공장들에서 일을 하고 그것을 바탕으로
르포를 써보지 않겠냐는 제안이었다. 언젠가 우리 사회에 더 많은
르포르타주가 필요하다는 이야기를 나눈 일이 있는데, 그 연장선
에서 나온 기획인 모양이었다. 물론 나는 언제나 더 많은 일거리가
필요한 입장이었다. 그러니 건배. 우리는 밤이 깊도록 기획을 발전
시켰고, 보람찬 술잔을 나누었으며, 다음 날 아침 곧바로 잊어버렸
다. 술을 너무 많이 마신 탓이다.

그리고 얼마 후, 나는 한승태의 《인간의 조건》을 읽었고, 우리가
이미 늦었다는 사실을 깨달았다.

니시모리 히로유키의 만화 《오늘부터 우리는》에서 따온 것으로

짐작되는 필명을 쓰는 저자의 이력은 이렇다. "전국을 떠돌며 닥치는 대로 일했고 일하는 틈틈이 영원히 출판되지 못할 게 분명한 시와 소설 들을 썼다. 어느 날 일을 마치고 고시원에 돌아와 생각해보니 그동안 겪어본 직업이 꽤 여러 가지였다는 걸 깨달았다. 그래서 1차·2차·3차 산업, 더 세밀하게는 농업, 어업, 축산업, 제조업, 서비스업계에서 모두 일해본다면 그때는 책을 한 권 써야겠다고 마음먹었고, 그렇게 했다."

과연 저자는 그렇게 했다. 진도의 꽃게잡이 배에서부터 서울의 주유소와 편의점, 아산의 돼지농장, 춘천의 비닐하우스, 당진의 자동차 부품 공장에 이르기까지 몸소 체험한 다양한 직업의 현장을 기록한 것이다. 아니, 체험이라는 단어는 어울리지 않는다. 그건 어쩐지 '체험! 삶의 현장' 같은 프로그램 제목을 떠올리게 하니까. 그는 글을 쓰기 위해 다양한 직업을 경험한 것이 아니라 먹고살기 위해 경험한 것을 기록했을 뿐이다. 그리고 그 차이는 결코 작지 않다.

질투 어린 시선으로 읽기 시작한 책이지만 이내 푹 빠져버리고 말았다. 사소한 부분을 놓치지 않는 저자의 시선과 어떤 상황에서도 빛을 잃지 않는 유머 감각 때문이었다. 숙소와 식사, 작업 과정과 도구, 사람들의 면면과 말투를 아우르는 세밀한 묘사와 그 위에 더해지는 다소 반어적인 유머는 자칫 어둡고 무겁게만 흘러갈 수 있었을 이야기에 생동감을 부여했다. "이 괴상망측한 사회가 비틀거리면서도 여전히 굴러갈 수 있는 이유는 수많은 사람들이 정당한 보상을 받지 못했음에도 자신이 하는 일에 최선을 다하고 있기 때문이다"라는 다소 평범한 진리가 커다란 울림을 가질 수 있었던 것도 바로 그 때문이다. 사실, 진리란 언제나 평범한 법이다. 그러니 별 수 있나. 우리가 늦었다는 사실을 흔쾌히 인정할 수밖에.

책을 읽은 후 다시 만난 술자리에서 선배가 물었다. "너 혹시 대리운전할 생각 없냐?" 아직 미련을 버리지 못한 선배는 《꽃미남 대리운전》이라는 제목까지 생각해둔 모양이었다. "형, 근데 '꽃미남'은 좀 아닌 것 같은데…" 주저하는 내게 선배가 시원하게 말했다. "응, 걱정 마. '꽃미남'은 내가 섭외할 테니까 넌 운전만 열심히 해." 결국 나는 운전을 하지 못한다는 사실을 고백하지 못했다. 하기야 운전이야 아무래도 좋았으니, 우리는 그날도 술을 너무 많이 마신 것이다.

시사IN 2013. 2.

이름 없는 것들에게도 삶은 있다

"

인생에는 의지할 것이라곤 꾸며낸 거짓말밖에 없는 그런 순간들이
있다.

— 존 버거 《킹》

별로 걷고 싶은 마음이 들지는 않았다. 그런데도 이름은 걷고 싶은 거리였다. 별문제는 아니었다. 로데오 거리라고 로데오를 하는 건 아니니까. 제법 널찍한 인도가 있었고, 인도를 따라 건물들이 늘어서 있었다. 대부분 4층을 넘지 않는 오래된 건물이었지만 군데군데 신축 건물도 눈에 띄었다. 다른 건물 두어 채를 합한 것보다 더 크고 높은 건물이었다.

백구식당은 그중 유난히 낡은 건물 2층에 자리하고 있었다. 이런 표현이 가능한진 모르겠지만, 건물보다 더 낡은 식당이었다. 맞은편에 거대한 주상복합 건물이 있어서 더 그렇게 보였는지도 모른다. 허름한 간판과 유리창에 붙인 글자로 그게 백구식당이라는 걸 알았을 뿐이다. 술에 취한 어느 새벽 우연히 그 앞을 지나지 않았더라면 아마 그곳을 기억할 일도 없었을 거다. 그러니까 식당을 나서는 백구를 보지 않았더라면.

백구는 터덜터덜 계단을 내려왔고 어딘가를 향해 걷기 시작했다. 주위를 한번 둘러보지도 않았다. 자기가 가는 곳이 어딘지를 분명히 아는 이의 걸음, 별로 가고 싶지는 않지만 달리 갈 곳이 없어 어쩔 수 없이 걷는 지친 가장의 걸음이었다. 혹시나 해서 기다려봤지만 불 꺼진 식당에서는 더는 아무도 나오지 않았다. 거리에는 나와 녀석밖에 없었다. 그런데 과연 녀석을 녀석이라고 불러도 좋은 걸까? 가난한 프리랜서 주제에 식당 사장님을 녀석이라고 부르자니 어쩐지 죄송스럽다.

그날 이후 몇 번인가 더 그를 마주쳤다. 비슷한 시간, 하루의 영업을 마친 그는 매번 같은 방향으로 느릿느릿 발걸음을 옮기고 있었다. 한번은 조용히 뒤를 따라가기도 했지만 이내 그만두었다. 실례가 될 테니까. 대신 그를 기다리고 있을 가족들을 생각했다. 카운터 뒤에 앉은 그를 생각했고, 하루의 매상을 생각했고, 통장잔고를 생각했다. 뭐랄까, 그때 내게 그는 대단할 것 없는 사람들의 현신처럼 느껴졌던 같다. 나와 당신과 다르지 않은. 하지만 그런 생각도 그리 오래가진 않았다. 나의 매상과 잔고에 대해 생각하는 것만으로도 충분히 지쳤기 때문이다.

그를 다시금 떠올린 것은 존 버거의 소설 《킹》 때문이다. 킹은 늙은 노숙자 부부와 사는 개의 이름이다. 그들은 유럽 어느 도시 근교의 황무지에 산다. 위험하기 때문이 아니라 잊혔기 때문에 누구도 오지 않는 곳이다. 올림픽 경기장이 지어진다는 소문도 있지만 아직은 아니다. 그곳에서 그들은 으깨진 상태로 버려진 것들, 제대로 된 이름도 없는 것들과 함께 산다. 비단 물건들을 가리키는 것만은 아니다. 그들의 이웃 또한, 다양한 사연과 삶이 있지만 우리가 그저 노숙자라고 뭉쳐 부르는 이웃들 또한 으깨지고 버려지고 이름 없긴 매한가지일 테니까.

물론 그들에게도 삶은 있다. 너무 당연해서 종종 잊곤 하는 사실. 가진 것 없는 그들은 삶을 채우기 위해 이야기를 한다. 빛났던 과거에 대한 이야기들이고 좀처럼 믿을 수 없는 이야기들이다. 킹이 말하듯 "인생에는 의지할 것이라곤 꾸며낸 거짓말밖에 없는 그런 순간들"이 있는 것이다. "가난한 연금생활자들이 기르는 개에게 사 주는 가짜 뼈 같은." 하지만 이내 가짜 뼈조차 빼앗기는 때가 온다. 그들이 살고 있는, 그러나 언젠가는 올림픽 경기장이 될 황무지에 묻혀 있는 진짜 뼈를 차지하려는 이들이 있는 탓이다. 한밤중에 철거 계고장도 없이 찾아온 그들은 공권력과 육중한 중장비로 무장한 채 그들의 삶을 철거하려 한다.《킹》은 바로 그런 하루를 그린다. 수없이 반복되었고, 앞으로도 반복될 그 하루를.

그런데 과연 이런 요약이 옳은지 모르겠다. 단지 한 권의 책을 읽었다는 이유로 평소에 별 생각 없이 스쳐지나가던 이들의 삶에 대해 뭐라도 아는 양 이야기해도 좋은가? 그것은 그들의 땅 뿐만 아니라 이야기까지 빼앗는 일이 아닌가? 그러니 내가 아는 이야기를 하자. 백구식당은 얼마 전 문을 닫았고 식당이 있던 건물은 헐릴 예정이라고 한다. 맞은편에 있는 주상복합 건물 못지않은 크고 높은 건물이 들어설 것이다. 그리고 나는 다시는 백구를 보지 못했다. 실은 그를 보지 못했다는 사실조차 잊고 있었다. 이 책이 아니었다면, 아마 영영 그랬을 거다.

시사인 2014. 7.

부끄러운 줄도 모르고

"
"부끄러운 줄도 모르고." 그때 맞은편에 앉아 있던 고모가 말했다.
"부끄러운 게 뭔지도 몰라, 오빠들은." 그렇게 말하고 고모는 자리
에서 일어났다.

— 윤성희 《베개를 베다》

　　　　　요약하면 멋쩍어지는 일들이 있다. 이 문장은 두 가지 뜻으로 읽힌다. 제법 그럴싸해 보이지만 요약하고 보면 멋쩍은 일이라는 의미로. 또는 요약이라는 행위 자체를 멋쩍게 만드는 일이라는 의미로.

　전자가 삶이라면 후자는 소설이어야 한다. 소설이다, 라고 쓰지 않고 소설이어야 한다, 라고 쓰는 건 여전히 많은 소설들이 삶을 요약하기 때문이다. 메인플롯과 몇 개의 서브플롯으로. 극적인 사건들의 연쇄로. 발단과 전개와 위기와 절정과 결말을 갖춘 이야기로. 그 끝에서 우리를 맞이하는 에피파니로. 이때 요약은 불가피하게 보인다. 모든 삶은 한 권의 책에 담기에는 너무 길고, 긴 삶을 견디기 위해서라도 우리에게는 이야기가 필요하니까.

　하지만 이야기는 너무 많다. 영화, 드라마, 다큐멘터리, 광고, 웹툰, 게임, 몇 장으로 이루어진 '짤', SNS를 떠도는 각종 음모론과 그것을 뛰어넘는 정치 뉴스에 이르기까지. 이런 현실에서 전통적인 소설이라는 형태로 매끈하게 요약되고 가공된 이야기가 다른 장르의 이야기들보다 특별할 이유는 찾기 힘들다. 오해하면 안 된다. 나는 지금 특별할 이유는 찾기 힘들다고 썼고, 그것은 문학이라는 오래된 고정관념을 새롭게 갱신해야 한다는 요청이다.

　전통적인 소설이라는 관념은 내게 칠순 잔치를 떠올리게 한다.

윤성희의 다섯 번째 소설집에 실린 '가볍게 하는 말'의 한 장면을 그는 이렇게 쓴다.

"잔치가 거의 끝날 무렵이었다. 아버지가 자리에서 일어나 한마디를 했다. 모든 집이 무탈하게 살게 되어 행복하다고. 이만하면 우리 집안도 성공한 거 아니겠냐고. 큰아버지가 자리에서 일어났다. 작은아버지도 자리에서 일어났다. 갑자기 세 형제가 서로 껴안고 눈물을 흘리기 시작했다. "이렇게 잘살게 된 게 모두 형 덕분이에요." 동생들이 흐느끼며 말했다. 어디선가 본 장면인 것 같아 생각해보니 삼 년 전 큰아버지의 칠순 잔치 때와 똑같았다. "부끄러운 줄도 모르고." 그때 맞은편에 앉아 있던 고모가 말했다. "부끄러운 게 뭔지도 몰라, 오빠들은." 그렇게 말하고 고모는 자리에서 일어났다. 가방에서 봉투 하나를 꺼내 테이블에 올려놓았다. "어쨌든 생일 축하해." 고모가 손자의 손을 잡고 식당을 나가는 동안 입을 연 사람이 아무도 없었다. 그건 당황해서가 아니라 고모가 한 말의 뜻이 무엇인지 짐작할 수 없었기 때문이다."

윤성희는 끝내 고모가 한 말의 뜻을 밝히지 않는다. 다만 짐작할 수는 있는데, 내 짐작에 그것은 오래도록 죽지 않은 남자들이 부둥켜안고 눈물을 흘리며 자신들의 삶을, 그것으로 모자라 제 후손의 삶까지 제 멋대로 요약하고 정리하려 드는 행위에 대한 정당한 항의다. 그것을 (긴 잔치가 끝난) 남성 중심의 문학사에 대한 반박으로 읽는다면 지나친 비약일까.

하나의 이야기가 사라진 자리를 대신하는 것은 '그들'의 서사에 편입되지 못했던 수많은 구성원들의 목소리다. 요약을 거부하기에 종종 생략될 수밖에 없는, 그러나 분명히 존재하는 목소리들이다. 흔히 윤성희의 소설을 수식하는 '소소한'이라는 형용사는 그래서 부적절하다. '베개를 베다'에 실린 열편의 단편들이 전적으로 새로운 소설이라고 말할 수는 없지만 2016년을 사는 우리에게 각별하게 읽히는 소설이라는 것을 부인하기는 힘들다. 그것으로 충분하지 않나? 요약하자면 그렇다는 말이다.

한국일보 2016. 11.

모르셨다면 이제 아시면 됩니다

—————————

66

"문학이 해야 하는 것이 바로 이것이라고 생각하지 않으세요, 불안
하게 하는 것 말입니다."

— 안토니오 타부키 《레퀴엠》

이탈리아의 소설가 안토니오 타부키의 짧은 소설 《레퀴엠》은 다음과 같은 문장으로 시작한다.

나는 생각했다. 그자는 이제 나타나지 않는다. 그러고 나서 생각했다. 그를 '그자'라고 부르면 안 된다. 그는 위대한 시인, 아마도 이십세기의 가장 위대한 시인이다. 그는 오래전에 죽었다. 나는 그를 존경하며, 아니 온전히 복종하며 대해야 한다. 하지만 이내 염증을 느끼기 시작했다. (15쪽)

'그자', 혹은 '이십세기의 가장 위대한 시인'은 누구인가? 물론 포르투갈 출신의 시인 페르난두 페소아다. 몰랐다고? 상관없다. 어느 무심한 웨이터가 말했듯, "모르셨다면 이제 아시면 됩니다." (56쪽) 그러니 이제 우리는 작품을 읽을 모든 준비를 마친 셈이다. 아마도 이십세기의 가장 위대한 시인은 페르난두 페소아고, '나'는 그를 존경하며 온전히 복종해야 하지만 염증을 피할 수는 없고, 어쨌거나 그자는 이제 나타나지 않는다. 이미 죽었기 때문이다.

그렇지만 '나'는 그를 만나야만 한다. 작품과 삶 모두에 커다란 그림자를 드리웠을 뿐 아니라 영혼까지 사로잡은 시인을, 그만 떠나보낼 때가 되었기 때문이다. 누군가를 떠나보내기 위해서는 먼저 만나야 하는 법. 그래서 '나'는, 그러니까 타부키는, 자신이 태어나기 8년 전에 이미 세상을 떠난 시인을 만나기 위해 황량하고 메마른 리스본을 찾는다. 7월의 마지막 일요일, 그늘마저도 최소 사십 도는 되는 날이고, "기억 속에만 존재하는 사람들을 만나기 위해서는 더할 나위 없이 좋은 날"(22쪽)이다.

'나'는 정오의 부둣가에서 시인을 기다린다. 시인은 좀처럼 나타나지 않는다. "유령이 나타나는 때는 자정이기 때문이다."(15쪽) '나'는 좀처럼 이 상황을 이해할 수 없다. 부조리하고, 부적절하며, 무의미하게 느껴질 뿐이다. 마치 바이러스처럼 그를 사로잡은 무의식은 아직 시인을 떠나보낼 준비가 되지 않았고, 그에게는 열두 시간이 남아 있다. 그래서 그는 걷기 시작한다. 적당한 시간을 향해서, 불안하고 으스스하며 때론 우스꽝스러운 길을, 터벅터벅.

그곳에서 '나'는 스무 명 남짓한 사람을 만난다. 젊은 마약중독자에게 페소아의 초상이 그려진 지폐를 주기도 하고, 페소아의 책에서 튀어나온 듯한 로토 가게 절름발이와 영혼과 무의식에 대한 대화를 나누기도 하고, 늙은 여자 집시에게 충고를 듣기도 한다("아들, 그녀가 말했다. 잘 들어봐, 이걸 봐두면 안 돼, 두 쪽으로 갈려져 살면 안 된단 말이야, 현실이 있고 꿈이 있는데, 그렇게 하면 환각이 오는 거야, (⋯) 자네가 건드리는 건 죄다 자네의 꿈이 돼버리지."(30쪽)). 모두 페소아의 분신들, 혹은 페소아에게 사로잡힌 타부키 자신의 조각들이다. 그들이 '나'를 조금씩 시인에게로 이끈다.

마침내 '나'는 유령을 만난다. 처음이자 마지막일 만남. 타부키가 그의 시인에게 말한다. "저는 당신에 대해 이런저런 생각을 하면서 평생을 살아왔어요. 이제는 피곤합니다. 그만둬야 할 때가 왔어요. 그게 다예요." 시인이 묻는다. "나와 함께한 것이 편하지 않았나요?" "아니요, 대단히 중요했어요. 말하자면 언제나 날 가만두지 않았다는 얘깁니다." 시인이 말한다. "나와 관계된 건 다 그렇더군요, 하지만 말예요, 문학이 해야 하는 것이 바로 이것이라고 생각하지 않으세요, 불안하게 하는 것 말입니다, 의식을 평온하게 하는 문학은 가치가 없다고 생각해요."(112쪽)

그리고 그들은 이야기를 나눈다. 문학에 대해서, 정직함에 대해서, 우스꽝스러운 이름을 가진 음식들에 대해서, 음악에 대해서, 달에 대해서, 사랑에 대해서, 이미 지나가버린 것들과 아직 오지 않은 것들에 대해서, 어쩌면 영원히 오지 않을 것들에 대해서, 그럼에도, 이미 이곳에 있다고 말할 수밖에 없는 것들에 대해서. 그러니 나는 이쯤에서 이 글을 끝내야겠다. 어느새 우리에게도 적당한 시간이 찾아왔기 때문이다. 바로 당신이 이 책을 읽을 시간이.

덧. 최근 페르난두 페소아의 《불안의 서》 완역본이 배수아의 번역으로 출간되었다. 배수아와 페소아라니, 멋진 울림이다.

시사인 2014. 4.

앎으로도 어쩔 수 없을 때

"
"당신이 그 많은 어려움을 겪으면서도 얼마나 많은 것을 이루었는
지를 인식할 필요가 있어요. 자신을 좀 더 높게 평가해야 해요."

— 스콧 스토셀《나는 불안과 함께 살아간다》

파일럿의 가장 큰 불안은 비행기가 추락하면 어떡하나 하는 것이다. 알코올을 많이 하는 사람의 가장 큰 불안은 알코올 중독자가 되면 어떡하나 하는 것이다. 그러나 파일럿은 실제로 비행기를 추락시킴으로써, 알코올을 많이 하는 사람은 실제로 알코올 중독자가 됨으로써 그 불안에서 벗어날 수 있다. (무라카미 류,《고흐가 왜 귀를 잘랐는지 아는가》, 권남희 옮김, 창공사, 260쪽)

서평가도 마찬가지다. 그의 가장 큰 불안은 원고 마감 시한을 지키지 못하는 것이다. 때로는 불안에 시달리느라 마감 시간이 다 되도록 한 글자도 쓰지 못하는 경우도 있다. 실은 늘 그렇다. 이래서야 직업인이라고 할 수 없다. 어른도 아니다. 창백해진 얼굴로 자기혐오에 시달리던 그는 하릴없이 국어사전에 '마감시한'을 검색해본다. 그리고 사색이 된다.

Daum 사전   영어 English 한국어 일본어 중국어 한자 +

한국어   마감시한   🔍

혹시, 이것을 찾으세요? 자가비판, 마구리판, 마감하다, 마감되다

마감 시한의 검색결과가 없어서 자가비판으로 자동변환하여 검색했습니다.

단어, 숙어
자가비판
자기의 생각이나 행위에 대해 스스로 비판하는 일

자료사진 : 다음 국어사전

언제부터 국어사전에 인공지능이 탑재된 거지? 설마 독심술? 하지만 한가한 궁금증에 몰두할 시간은 없다. "자기의 생각이나 행위에 대해 스스로 비판"할 시간도 없기는 마찬가지다. 정말이지 시간은 언제나 없다. 그렇지만 모든 일에는 적당한 때가 있는 것도 사실이다. 그를 짓누르는 마감 공포증에서 벗어나 원고를 시작하기 위해서는 실제로 마감 시간을 어겨야만 하는 것이다.

땡, 데드라인을 넘기자마자 제정신(이라고 할 수 있을지 모르겠지만)으로 돌아온 그는 겁에 질려 허겁지겁 키보드를 두드리기 시작한다. "온갖 진부하고 상투적인 표현들이('놓칠 수 없는 책'이니 '페이지마다 되새길 만한 것이 있다'느니 '무엇무엇을 다룬 무슨 장이 특히 중요하다'느니) 자석을 따라 움직이는 쇳가루처럼 척척 제자리로 뛰어든다."(조지 오웰, '어느 서평자의 고백') 바로 다음과 같이.

크거나 작은 불안과 함께 하루하루를 살아가는 현대인에게 스콧 스토셀의 《나는 불안과 함께 살아간다》는 '놓칠 수 없는 책'이다. 30년 넘게 각종 불안장애에 시달려온 자신의 이력과 불안을 둘러싼 인류의 문화사 그리고 불안을 바라보는 현대 정신의학의 다양한(때론 상충되는) 관점에 이르기까지 불안에 관한 거의 모든 것을 망라하는 그의 책에는 '페이지마다 되새길 만한 것이 있다.' 저자는 솔직하고 담백한 태도로 일관하며 유머를 잃지 않지만 때론 그 사실이 독서를 방해하기도 한다. 불안을 대하는 그와 나의 태도를 서로 비교하게 되는 것이다. 이어지는 것은 불안에 적절하게 대처하지 못하고 있다는 죄책감과 자의식, 슬픔과 수치, 그리고 불안이다. 어쨌거나 불안을 다룬 책이다. 평균 이상의 불안에 시달리는 사람이라면 책을 읽는 동안 저자의 불안에 자기 자신의 불안이 겹치는 이중의 불안에 시달리지 않을 수 없고 이 글을 쓰는 지금도 마찬가지다(나는 방금 한 문장에 불안이라는 단어를 네 번이나 썼고 그것이 나를 더욱 불안하게 만든다). 분명 쉽지 않은 경험이다. 하지만 그럴 만한 가치는 있다. 해외 평단이 지적하는 것처럼 이 책은 (의도했건 하지 않았건) 일종의 자가치유 매뉴얼이고, 따라서 그와 함께 통과해야만 하는 기나긴 불안의 끝에서 우리를 기다리고 있는 '구원과 회복력을 다룬 마지막 장이 특히 중요하다.'

　　그렇지만 나는 이 자리에서 이 책의 내용을 시시콜콜 요약하거나 설명하지는 않을 것이다. 서평가를 옴짝달싹 못하게 괴롭히는 두 번째 불안. 그것은 자신이 다루는 책의 내용을 독자들에게 제대로 전달하지 못하면 어떡하나 하는 것이다. 그것이 서평가의 의무(라고들 한)다. 그런 생각을 하면 초조해진다. 하지만 이래서야 글을 쓸 수가 없다. 별 수 없지. 나는 불안에서 벗어나기 위해(그리고 이미 늦어버린 마감을 지키기 위해) 서평가의 의무를 저버리는 편을 택하기로 한다. 아무것도 설명하지 않는 편을.

　　"초조해하는 성격. 대중 연설을 두려워함. 일을 미루는 성향. 강박적인 손 씻기. 배 속 상태에 지나치게 몰두함. 끝없이 스스로를 비판함. 좋은 직업이 있는데도 자존감이 부족함. 속은 고통으로 요동치는데도 겉으로는 침착하고 밝은 척 처신하는 능력. 더 활달하

고 침착한 아내에게 정서적?실질적으로 의존함."(370쪽)

불안과 관련된 자료들을 모으던 스토셀은 외증조부에 대한 기록을 발견한다. 체스터 핸퍼드는 학자로서 오랫동안 하버드에서 학생처장을 맡았고 지방자치정부에 관한 중요한 학술 연구를 남겼으며 존 F. 케네디와 수십 년 동안 친분을 나누기도 했다. 한마디로 훌륭한 사람이다. 하지만 그는 평생 불안과 우울에 시달렸으며 전기 충격 치료를 수차례 받았고 생애 마지막 기간 동안에는 자기 침실에서 몸을 웅크리며 울면서 지냈던 불안장애 환자이기도 했다. 스토셀은 모종의 불편함을 느끼며 외증조부에 대한 기록을 읽어나간다.

"그는 지난 가을에 엄청난 양의 책을 읽었다. 하지만 자료들을 정리해 강의로 구성할 수 없을까 봐 걱정하기 시작했다." "다른 교수들이 자기보다 더 낫고 자기는 괜찮은 강의를 할 만큼 대단한 학자가 못된다고 생각했다." "짜임새 있게 창의적으로 일하지 못해서 매우 괴로워했다. 불안에 압도당했다. 무척 우울해했고 가끔 울기도 했다." "스스로 느끼는 무능함과 열등감을 억누를 수가 없었다." "1947년 체스터는 자기가 사기꾼이며 학생들에게 흥미롭고 설득력 있는 강의를 들려줄 능력이 없다고 생각하게 된다." "그는 자기에게 지속할 수 있는 능력이 있는지 불안하고 초조해했다." "체스터는 만성피로를 느꼈다." "그는 자의식이 지나치게 강하고 자기비판이 심하며 매우 열심히 일하는데도 일이 밀리는 타입이다." "극심한 불안, 그리고 불안과 우울에 대한 수치감이 뚜렷하게 나타났다." 등등.

스토셀이 그런 것처럼 나 또한 체스터 핸퍼드의 기록에서 나의 어두운 면을 본다. 당신 또한 불안에 시달리는 운 나쁜 자유기고가라면 같은 것을 볼 것이다. 그리고 우리는 하버드 대학교의 정치학과 교수가 아니다. 우리가 모종의 불편함을 느낀다면 아마 그런 이유일 것이다. 하지만 스토셀이 느끼는 불편함에는 절박한 이유가 있다. 그는 생각한다. 만약 불안이 유전된다면 나도 결국에는 방에 틀어박혀 끝없이 울고 덜덜 떠는 꼴이 되지 않을까? 내 아이들 앞에도 같은 운명이 기다리고 있다면 어떡하지? 인간의 운명이 유전자에 의해 결정되는 거라면 나라는 존재에게는, 인간 개개인에게는 도대체 무슨 의미가 있는 거지?

불안은 인간 경험의 복잡다단한 특징이며 어느 하나의 유전자로 예측할 수 없다는 사실을 명심해야 한다는 사실은 그도 안다. 어쨌거나 불안을 다룬 수많은 책을 읽은 것이다. 하지만 불안은 앎으로도 어쩔 수 없는 것이다. 그런 그에게 W박사가 충고한다. 중요한 건 회복탄력성과 수용력이라고. 그것을 적절하게 사용하며 불안과 함께 살아가는 방법을 익히는 것이라고.

"당신한테는 장애가 있지요. 불안장애요." W 박사가 말한다. "그래도 버텨나가고 있고, 내 생각에는 그럼에도 불구하고 아주 잘 살고 있다고 봐요. 나는 아직도 당신이 나을 수 있다고 생각해요.

하지만 그전에라도, 당신이 그 많은 어려움을 겪으면서도 얼마나 많은 것을 이루었는지를 인식할 필요가 있어요. 자신을 좀 더 높게 평가해야 해요." (434쪽)

과연. 스토셀은 어쩌면 이 책(《나는 불안과 함께 살아간다》)을 마무리하고 출판하는 것, 그리고 자신의 수치와 공포를 세상에 인정하는 것이 자신에게 힘을 주고 불안을 덜어줄지도 모르겠다고 쓰며 책을 마무리한다. 나는 그가 그랬으면 좋겠다.

어느덧 이 글 또한 마무리할 시간이다. 하지만 나는 아직 서평가를 괴롭히는 세 번째 불안에 대해서는 말하지 않았다. 그것은 시간에 쫓겨 재미도 의미도 없는 글을 쓰면 어떡하나 하는 불안이다. 그런데 다시 생각해보니 굳이 설명을 늘어놓을 필요는 없을 것 같다. 보시다시피 나는 그런 글을 썼고, 이제는 지긋지긋한 불안에서 (잠시나마) 벗어날 시간이다. 그것이 내가 불안과 함께 살아가는 방식이다.

프레시안 2015.10.

2
—

독자와 작가 사이에서

귀를 가진 사람의 할 일

"

특별한 존재와 평범한 존재를 판가름하는 기준은 존재 자체의 가치가 아니라 관계다. 남에게는 평범한 존재가 내게는 특별한 존재가 될 수 있는 이유는 그 존재가 나와 맺고 있는 관계 때문이다. 평범한 존재는 나와 관계를 맺음으로써 특별해진다.

— 장유승《쓰레기 고서들의 반란》

생각해보면 책의 운명이란 참 얄궂다. 헌책방에 수십 권씩 쌓여 있는 베스트셀러를 볼 때면 절로 그런 생각이 든다. 많이 팔렸으니 헌책 또한 많은 게 당연하고, 읽을 사람은 이미 읽었으니 더는 찾는 이가 없는 것도 당연하건만, 먼지를 뒤집어쓴 채 삭아가는 모습이 어쩐지 시대를 풍미했던 톱스타의 쓸쓸한 말년을 보는 것만 같아 괜히 마음이 애잔해진다.

《쓰레기 고서들의 반란》에서 다루고 있는 고서들의 처지 또한 그와 다르지 않다. 흔히 고서라고 하면 'TV 쇼 진품명품'에나 나올 법한 오래되어 값나가는 책들을 떠올리게 마련이다. 하지만 '쓰레기 고서'는 그런 책이 아니다. 그저 오래되었을 뿐 아무런 가치도 없어 고서점에서조차 받아주지 않는 천덕꾸러기다. 말 그대로 쓰레기나 다름없는 존재다.

오래 방치된 고서의 특징은 대체로 이렇습니다. 손에 드는 순간 미세 먼지가 폴폴 날립니다. 표지는 반쯤 떨어져 나가고, 더럽다 못해 시커멓기까지 합니다. 책장은 해지고 찢어진 데다 곳곳에 벌레 먹은 자국인지 구멍이 숭숭 뚫려 있고, 정체를 알 수 없는 얼룩이 묻어 있습니다. 이상한 냄새도 납니다. 펼쳐보기가 두려울 정도입니다. (6쪽)

고서 수집가들은 이런 책들을 가리켜 '섭치'라고 부른다고 한다. "여러 가지 물건 가운데 변변하지 아니하고 너절한 것"이라는 뜻이다. 그렇다고 단순히 너절한 외관 때문에 쓰레기 취급을 받는 건 아니다. 흔하디흔한 탓이다. 다시 말해, 그만큼 널리 읽혔다는 말이기도 하다. 지금은 비록 쓰레기 취급을 받지만 왕년에는 나름 잘 나가는 베스트셀러였다는 말씀이다. 동네 헌책방에서 자리만 차지하고 있는 어떤 책들이 그런 것처럼. 그 책들이 널리 읽힌 데에는 분명 이런저런 이유들이 있다. 쓰레기 고서 또한 마찬가지다. 비록 골동품으로서의 가치는 없을지언정, 그것을 즐겨 읽던 옛사람들에 대해 말하는 바가 없지 않을 것이다.

　《쓰레기 고서들의 반란》은 바로 거기에서 시작한다. '반란'이라는 제목이 붙은 것도 그 때문이다. 그렇다고 쓰레기 고서들이 도서관의 귀중본 고서실에 들어가야 한다고 주장하는 건 아니다. 저자가 말하는 반란은 실은 민란에 가깝다. 민초들이 쟁기와 낫을 들고 민란을 일으킨 까닭이 정권을 차지하기 위해서가 아니었던 것처럼. 단지 사람으로서 응당 받아야 할 대접을 받기 위해서였던 것처럼. 저자는 쓰레기 고서가 희귀한 고서의 자리를 차지해야 한다고 주장하는 것이 아니다. 쓰레기 고서들이 품고 있는 이야기를 들려줌으로써, 그것이 쓰레기가 아니라는 사실을 밝힐 뿐이다.

　책은 모두 열다섯 권의 고서를 다룬다. 옛 사람들이 글이나 편지를 쓸 때 옆에 두고 참고했던 책에서부터 풍수지리와 택일에 관한 책, 손수 엮은 시집과 과거 시험 기출문제집, 고전소설과 고대 중

국의 역사서, 고서라고 하면 흔히 떠올리는 《논어》와 《대학》, 그리고 집마다 비치되어 있던 의학서에 이르기까지 다종다양한 고서들에 대한 이야기를 맛깔나게 들려준다.

물론 단순히 고서의 내용을 설명하는 것으로 그치지 않는다. 필사와 목판본, 방각본 등의 차이를 일러주기도 하고, 닳고 해진 책을 수리하는 방법이나 고서 경매장의 풍경을 전하기도 한다. 그뿐인가. 책을 통해 옛사람들이 세상을 바라보던 방식을 짐작하는 한편, 책에 남겨진 흔적을 통해 책을 읽던 사람의 상황을 그려보기도한다. 이를테면 《서경》의 해설서인 《서전대전書傳大全》을 다룬 장을 보라. 표지 안쪽에 적힌 "아내를 얻는 데 중매가 없다고 한탄하지 마라 / 책 속에 옥 같은 용모의 여인이 있으니"란 메모를 통해 이야기를 풀어가는 대목이다.

《고문진보古文眞寶》에 실려 있는 《권학가勸學歌》의 한 구절입니다. 책 속에 아리따운 여인이 있으니 신붓감을 소개해줄 중매쟁이가 없다고 한탄하지 말라는 내용입니다. 만화나 애니메이션의 여주인공을 실제 애인처럼 여기며 같이 밥도 먹고 놀이공원도 간다는 '오타쿠'를 떠올리게 하는 말입니다. 하지만 원래는 그런 뜻이아니고, 열심히 책을 읽고 과거에 급제하면 저절로 미인과 결혼할수 있을 것이라는 감언이설입니다.

마지막 장에는 '무술년 천촌 박구남 독이戊戌年泉村朴龜南讀耳'라고 되어 있습니다. 무술년에 천촌 사는 박구남이 읽었다는 뜻입니다. 위에 언급한《권학가》의 내용으로 추측건대, 이 책은 장가도 못 간 불쌍한 박구남 씨 것이었던 모양입니다. 성취동기가 분명해서 그랬는지는 몰라도 박구남 씨는《서전대전》을 제법 열심히 읽은 모양입니다. 곳곳에 현토와 언해諺解를 적어두었습니다. 하긴《서전대전》은 현토와 언해가 없으면 읽기 힘든 책입니다.

　권5는 비교적 깨끗합니다. 열의가 시들해진 모양입니다. 그렇지만 권6에 들어오면서 정신을 차린 모양입니다. 다시 언해를 꼼꼼히 적기 시작했습니다. 책 말미에는 이런 말도 적어두었습니다.

　"일일부독서一日不讀書, 구중생형극口中生荊棘", 하루라도 책을 읽지 않으면 입에 가시가 돋는다는 말이지요. 또 "우 임금처럼 촌각의 시간도 아까워하며 공자처럼 위편삼절韋編三絶하도록 노력한다惜大禹之寸陰, 謨孔子之三絶"라는 말도 있습니다. 공부하겠다는 의지를 다지는 모습입니다. 과연 박구남 씨가 과거에 급제해서 예쁜 아내에게 장가들었는지는 상상에 맡기겠습니다. (294~295쪽)

　저자는 우리에게 쓰레기 고서 또한 한때 책이었고 여전히 책이라는 평범한 사실을 일깨운다. 귀한 책과 쓰레기나 다름없는 책이 따로 있는 게 아니다. 책과 그것을 읽는 사람이 있을 뿐이다. "특별한 존재와 평범한 존재를 판가름하는 기준은 존재 자체의 가치가 아니라 관계다. 남에게는 평범한 존재가 내게는 특별한 존재가 될 수 있는 이유는 그 존재가 나와 맺고 있는 관계 때문이다. 평범한 존재는 나와 관계를 맺음으로써 특별해진다"(360쪽)는 저자의 말처럼, 아무리 흔하고 너저분한 책이라도 어떤 이에게는 세상에서 가장 훌륭한 책일 수도 있는 것이다. 그것을 쓰레기라고 부를 자격 따위는 누구에게도 없다.

어차피 세상 대부분의 존재는 평범하다. 그들에게 와닿는 것은 특별한 존재의 무용담이 아니라 평범한 존재의 솔직한 이야기다. 아무도 귀 기울이지 않는 평범한 존재들의 이야기를 전하는 것이 그 이야기를 들을 수 있는 귀를 가진 사람의 할 일이다. (360쪽)

《쓰레기 고서들의 반란》을 통해 저자는 그 일을 해낸다. 그것도 멋지게. 그리하여 이 글을 마무리하는 지금, 나는 천촌 사는 박구남 씨가 과거에 급제해서 예쁜 아내에게 장가들었기를 바랄 뿐이다.

기획회의 2013. 12.

제발 조용히 좀 해요

"

당신을 가로막고 있는 것이 '글을 쓸 때' 당신에게 고함을 지르는
내면의 편집자일지도 모른다. 그 목소리를 꺼두라. 스스로에게 심
술궂게 행동할 자유를 주라.

— 제임스 스콧 벨《소설쓰기의 모든 것》

"나는 이것을 내가 원하던 대로 썼습니다. 왜냐하면 이제 그럴 수 있게 됐으니까요."

1952년, 《기나긴 이별》의 원고를 출판사에 넘기며 레이먼드 챈들러는 이렇게 썼다. 간결하지만 힘이 느껴지는 문장이다. 감탄한 나는 '한글 2010'을 열어 "문학사에 길이 남을 소설을 한번 써봤습니다. 한동안 너무 심심했거든요", "초판에 대한 인세는 받지 않겠습니다. 나머지 인세만으로도 평생 먹고살기에는 충분하니까요" 같은 문장을 끼적인다. 지운다. 끼적인다. 지운다. 끼적인다. 지운다… (생략) 무의미한 손가락 운동을 하는 동안에도 시간은 흘러 마감 시한을 넘긴 지는 이미 오래. 마침내 나는 타협점을 찾아낸다. 그 문장들을 따옴표에 가둬두기로 한 것이다. 물론 '끼적인다'는 구차한 표현을 덧붙이는 일은 잊지 않는다.

당신을 가로막고 있는 것이 '글을 쓸 때' 당신에게 고함을 지르는 내면의 편집자일지도 모른다. 그 목소리를 꺼두라. 스스로에게 심술궂게 행동할 자유를 주라. 일단 쓰고, 나중에 다듬어라. 이것이 창작의 황금률이다. (제임스 스콧 벨, 《소설쓰기의 모든 것 Part 05 고쳐쓰기》 34쪽)

144

소설을 쓰겠다고 회사를 그만둔 게 벌써 3년 전이다. 그때부터 '내면의 편집자'와의 불편한 동거가 시작되었다. 생각하면 이상한 일이다. 책을 좋아한다는 순진한 이유로 책을 파는 직업을 선택했지만, 정작 책을 만드는 편집자가 되겠다는 생각을 해본 적은 한 번도 없었다. 그런데 내 안에 편집자가 산다고? 월급을 주기는커녕 함께 해주십사 부탁한 적도 없는데? 세상에, 이 얼마나 대단한 자원봉사인지!

"글쓰기는 인간의 일이고 편집은 신의 일이다." 스티븐 킹의 말이다. 그러니 신의 말씀을 듣기 위해 굳이 교회를 찾거나 기도를 올릴 필요는 없다. 그저 ① 책상에 앉아 ② 워드 프로그램을 실행한 후 ③ 키보드에 손을 올리고 ④ 하얀 모니터를 가만히 바라보기만 하면 된다. 만약 부족하다면 ⑤ 이제부터 소설을 쓰겠다고 스스로에게 다짐한 후 ⑥ 첫 문장을 시작하시라. 축하합니다. 이제 당신도 내면의 성스러운 목소리를 듣게 되었군요. 부디 놀라지는 마시길. 목소리에 담긴 메시지는 성스럽지 않을 수도 있습니다….

좀 더 음험한 방해 형태는 자신감 결여로, 종이 위에 쓰는 모든 것이 어리석은 시간낭비처럼 느껴진다. (같은 쪽)

물론 이 또한 편집자의 입김이다. 그렇게 핀잔을 주고 구박을 하니 자신감을 상실하지 않을 도리가 없다. 가끔은 용기를 내 정중하게 부탁하기도 한다. '내면에 계신 편집자 아버지, 편집자 선생님,

편집자 사장님, 저는 지금 당장 충격적인 데뷔작을 완성해야 합니다. 그러니 제발 좀 닥쳐주실래요?"(레이먼드 카버의 첫 번째 소설집 《제발 조용히 좀 해요》는 편집자를 겨냥한 것이 분명하다. 그는 내면뿐 아니라 현실의 편집자에게도 시달렸는데, 카버 특유의 미니멀리즘은 모든 원고를 반으로 쳐냈던 편집자 덕분에 만들어졌다고 한다) 하지만 신은 언제나 신비로운 방식으로 역사하시고, 아무리 애를 쓰고 막아보려 해도 들리는 목소리는 존재하게 마련이다. 오죽하면 노래까지 있겠는가? (BGM: U2 'Mysterious Ways', 델리스파이스 '차우차우')

그러니 지난 3년간 내가 무슨 일을 했는지 굳이 설명하지는 않겠다. 나도 알고 당신도 알고 하늘도 아는 일이다. 일일이 늘어놓아본댔자 나도 울고 당신도 울고 하늘도 울 뿐이라는 말이다. 하지만 이 자리는 눈물을 위한 자리가 아니다. 울고 싶다면 김광석의 '잊어야 한다는 마음으로'를 듣거나("썼다 지운다 널 사랑해…"), 지금 당장 이 글을 덮고 1에서 6까지를 반복하라. 내면의 성스러운 목소리에 귀를 기울여라. 나 역시 눈물을 흘리며 이 글(내면의 편집자는 글의 종류도 가리지 않는 것으로 확인되었다)을 쓰는 중이다.

자연히 글쓰기는 점점 더 괴로운 일이 될 수밖에 없다. 아무리 마음을 다잡고 책상 앞에 앉아봐도, 고통을 피하려는 우리의 본능은 글을 쓸 수 없는 핑계를 찾아내고야 만다.

다시 몇 주가 더 지났다. 나는 매일 아침 내 방으로 들어갔지만 아무 일도 일어나지 않았다. 탁상공론식으로 영감이 떠올랐고 일을 하지 않을 때에는 언제나 갖가지 아이디어로 머리가 가득 찼지만, 막상 자리에 앉아 종이에 뭔가를 쓰려고만 하면 생각이 사라져버리는 것 같았다. 내가 펜을 집어 드는 순간 말이 죽어버리는 것이었다. 나는 몇 가지 계획에 손을 댔지만 무엇 하나 제대로 되지 않았고 그래서 하나하나 그만두어버렸다. 그리고 다음에는 어째서 일을 해나갈 수 없는지 그 이유가 될 만한 구실들을 찾아보았다. 그러는 데는 아무런 문제도 없었고, 얼마 안 가서 곧 나는 갖가지 구실을 생각해냈다. 결혼생활에 적응하는 문제, 아버지가 된 데 따르는 책임감, 새로운 작업실(너무 비좁아 보이는), 원고 마감 시간이 다 되어서야 글을 써온 오랜 습관, 소피의 육체, 갑작스런 횡재—그 모든 것이 다 이유가 되었다. (폴 오스터, 《뉴욕 삼부작》 276쪽)

그렇다면 질문. 왜 나는, 어떤 사람들은, 아마도 당신은, 여전히 소설을 쓰고 싶어 하는가? 소설을 쓰기보다는 소설을 쓰지 못하는 이유를 찾느라 시간을 보내면서도? 여기 한 남자의 이유가 있다.

내가 담배와 술을, 그래, 술과 담배를 끊는다면, 난 책 한 권쯤 쓸 수 있을 거야. 여러 권도 쓸 수 있겠지만 어쩌면 단 한 권이 될 거야. 난 이제 깨달았네, 루카스, 모든 인간은 한 권의 책을 쓰기 위해 이 세상에 태어났다는 걸. 그 외엔 아무것도 없다는 걸. 독창적인 책이건, 보잘것없는 책이건, 그야 무슨 상관이 있나. 하지만 아무것도 쓰지 않는 사람은 영원히 잊혀질 걸세. 그런 사람은 이 세

상을 흔적도 없이 스쳐지나갈 뿐이네. (아고타 크리스토프,《존재의 세 가지 거짓말 (중)》133쪽)

하지만 그는 결국 책을 쓰지 못한다. 세상에 작은 흔적조차 남기지 못한다. 내면의 편집자에게 시달리며 아무것도 쓰지 못해 괴로워하다 우발적으로 자신의 누나(그에게는 작업량을 체크하는 외부의 편집자였던)를 죽인 후 사형 선고를 받는다. 아이러니. 나 역시 비슷한 아이러니를 알고 있다. 소설을 쓰겠다며 회사를 그만뒀지만, 생계를 유지하기 위해 이런저런 잡문을 쓰는 동안 점점 소설과는 멀어지게 된 내 자신의 이야기다.

불행하게도 굶주림은 예술을 돕지 않았다. 그저 방해할 뿐이었다. 인간의 영혼은 위장(胃腸)에 뿌리를 내리고 있다. 어찌 됐든 인간은 동전 한 푼짜리 막대사탕보다는 고급 비프스테이크를 먹고 0.5리터들이 위스키를 마신 다음에야 훨씬 더 글을 잘 쓸 수 있다. 궁핍한 예술가라는 신화는 새빨간 거짓말이다. (찰스 부코스키,《팩토텀》91쪽)

물론 이것은 찰스 부코스키니까 할 수 있는 말이다. 그는 그런 시간을 살아냈고, 결국 썼다. 그것도 아주 끝내주는 작품을. 그러니 내가 그의 말을 인용한다면 그건 또 하나의 핑계에 지나지 않을 것이다.

《소설쓰기의 모든 것》을 읽으며 지난 3년을 생각했다. 내게 남아 있는, 좀처럼 짐작할 수 없는 내일도. 언젠가 쓸 소설에 대한 갖가지 아이디어로 머리가 가득 차기도 했고, 술과 담배를 끊는다면 소설 한 편쯤 쓸 수 있을 거라는 기대에 가슴이 부풀기도 했다. 내면의 편집자는 여전하겠지만, 책과 함께 처음부터 차근차근 다시 시작하다 보면 성스러운 목소리에 기죽지 않는 방법을 배울 수도 있을 것 같았다. 한마디로, 당장이라도 컴퓨터를 켜고 '소설-1.hwp' 파일을 만들고 싶었다는 말이다. 쓰는 방법을 말하는 책에 이보다 더한 미덕이 있을까? 하지만 나는 그러지 않았다. 바로 이 글을 써야했기 때문이다. 그러니 당신들은 나보다 운이 좋은 셈이다.

나도 그렇게 운이 나쁜 편은 아니다. 당신들이 멋진 소설을 쓴다면 즐겁게 읽는 기쁨은 내 것이 될 테니까. 이 원고는 이렇게 끝나고, 어쩌면 나 역시 다음 원고를 시작하기 전에 한 편의 소설을 시작할 수 있을지 모른다.

지금까지 나는 꽤 오랫동안 어떤 것에 작별을 고하려 애써왔고, 정말로 중요한 것은 그런 노력이다. 이야기는 언어에 있는 것이 아니라 그런 노력에 있는 것이다. (폴 오스터, 《뉴욕 삼부작》 330쪽)

《소설쓰기의 모든 것》 추천사, 2013. 5.

세상의 모든 요청을 거절하는 것

"

"하지 않으려고 합니다."

— 엔리케 빌라-마따스 《바틀비와 바틀비들》

1

우리는 모두 바틀비들을 알고 있다. 그들은 세상에 대해 깊은 거부감을 품고 있는 사람들이다. 그들은 허먼 멜빌의 소설에 등장하는 필경사, 뭔가를 읽는 모습, 심지어는 신문 한 장 읽는 모습도 보여준 적이 없는 바틀비의 이름으로 불린다. 바틀비는 어느 병풍에 가려진 어슴푸레한 유리창을 통해 오랫동안 밖을, 월스트리트의 어느 벽돌담 쪽을 내다보고 서 있다. 바틀비는 보통 사람들과 달리 맥주는커녕 차도 커피도 마시지 않는다. 사무실에 기거하며 심지어는 일요일까지도 사무실에서 지내기 때문에 사무실 외에는 그 어느 곳에도 가본 적이 없다. 자신이 누구인지, 어디서 왔는지, 이 세상에 가족은 있는지에 대해서조차 결코 말한 적이 없다. 누군가 그에게 어디서 태어났냐고 물을 때에도, 일을 맡길 때에도, 그 자신에 관해 뭔가를 말해달라고 요청할 때에도 그는 늘 다음과 같이 대답한다.

"하지 않으려고 합니다." (엔리케 빌라-마따스, 《바틀비와 바틀비들》, 조구호 옮김, 소담출판사, 10쪽)

하지만 내가 이 글을 쓰고 있는 것은 원고를 청탁하는 메일에 "하지 않으려고 합니다"라는 답신을 하지 못했기 때문이다. 혹은 각각의 번역본을 따라 "안 하는 편을 택하겠습니다"(문학동네), "하고 싶지 않습니다"(바다출판사), "그렇게 안 하고 싶습니다"(창비)라고 말하지 않았기 때문이다. 그렇다면 이렇게 말하는 건 어떨까? 나는 단지 안 한다는 말을 안 하는 편을 택했을 뿐이라고. 부정의 부정은 긍정이라는《성문기본영어》수준의 한심한 말장난이다.

　세상의 모든 요청을 거절하는 것―그것이 바로 바틀비가 하는 일이다. 누구든 청탁을 해주기를 기다리는 것―그것은 프리랜서가, 그러니까 바로 내가 하는 일이다. 그러니 이 글은 임자를 잘못 만나도 한참 잘못 만난 셈이다. 그렇지만 도대체 누가 바틀비에 대해 말할 수 있단 말인가? 그것은 우리에게 한때 자신이 고용했던 기묘한 필경사의 이야기를 들려주는 가련한 변호사 또한 마찬가지여서, 그는 바틀비에 대한 짧은 기록을 "이 사람에 대한 충실하고 만족스러운 전기를 쓸 만한 자료란 존재하지 않는다고 믿는다"라는 변명으로 시작한다.

　그럼에도 우리는, 빌라-마따스의 말마따나, 모두 바틀비들을 알고 있다고 생각한다. 누나 가슴에 삼천 원쯤은 있는 것처럼, 누구나 가슴속에 저마다의 바틀비를 품고 살아가는 것이다. 일정을 닦달하는 사장에게, 형편없는 원고를 주면서 마감까지 넘긴 저자에게, 사소한 트집을 잡아 별 하나짜리 악평을 남기는 독자에게 교정지를 던지며 "안 해!"라고 소리치고 싶어 하는 바로 그 바틀비를. 그리고 그것이야말로 우리가 바틀비에 대해 가지고 있는 커다란 오해다. 아니, 차라리 스스로에 대한 오해라고 하는 편이 낫겠다.

물론 내 안에도 나만의 바틀비가 있다. 그는 이렇게 말한다. "지 긋지긋한 줄거리 요약 따위는 정말 하고 싶지 않아!" 하지만 나는 하고야 만다—그것이 바로 바틀비와 우리의 차이다.

2

바틀비가 "혼자 조용히 아늑한 사무실에 처박혀 부자들의 채권, 저당 증서, 부동산 권리 증서 등을 쌓아놓고 수지맞는 일을 하는, 그런 야심 없는 변호사 중 하나"인 화자의 사무실에 모습을 드러낸 것은 어느 여름날의 일이다. 구인 광고를 보고 나타난 것이 분명한 그는 문간에 꼼짝 않고 서서 "창백할 정도의 단정함, 애처로운 기 품, 그리고 치유할 수 없는 고독"의 냄새를 온몸으로 풍긴다. 마침 다른 필경사들의 변덕스러운 기질과 불같은 성질에 지친 변호사는 즉석에서 그를 고용한다.

출근한 첫날부터 바틀비는 엄청난 양의 필사를 하기 시작한다. 점심을 먹으러 나가지도, 잠시 쉬지도 않은 채 밤낮을 가리지 않고 필사에 몰두한다. 마치 오랫동안 필사에 굶주린 사람처럼, 아무런 말없이, 창백하게, 기계적으로.

문제는 필경사의 일이 단순히 문서를 필사하는 것만은 아니라는 사실이다. 편집자의 일이 단순히 원고를 편집하는 것만이 아니고, MD의 일이 단순히 책을 판매하는 것만이 아니며, 서평가의 일이 단순히 서평을 쓰는 것만이 아닌 것처럼. 자기가 필사한 것이 정확 한지 검증하는 것, 다시 말해 한 명이 필사본을 읽고 다른 한 명이

원본을 붙들고 앉아 대조하는 것 또한 필경사의 일이다. 하지만 검토를 하자는 고용주의 요청을 바틀비는 거부한다. 그가 처음으로 "안 하는 편을 택하겠습니다"라는 말을 내뱉는 순간이다.

나는 꼼짝 않고 그를 노려보았다. 그의 여윈 얼굴은 태연했고 어두운 잿빛 눈은 평온했다. 동요하는 기색이라곤 전혀 없었다. 그의 거동에 조금이라도 불안, 분노, 초조, 혹은 불손의 빛이 있었더라면, 다시 말해서 약간이라도 평범하고 인간적인 면모가 있었더라면 나는 틀림없이 그를 사무실에서 사정없이 내쫓았을 것이다. 그러나 실제로는 키케로 석고 흉상을 문밖으로 내쫓을 생각을 하는 편이 차라리 나을 지경이었다. (61쪽)

그날 이후 필경사와 변호사의 갈등이 시작한다. 정확히 말하자면 변호사 혼자만의 갈등이라고 해야겠지만. 당황한 변호사는 화를 내기도 하고, 논리적으로 설득하기도 하고, 달콤한 말로 구슬려도 보지만 바틀비는 도무지 들을 생각을 하지 않는다. 그저 "안 하는 편을 택하겠습니다"라는 말을 반복할 뿐이다. "젊을 때부터 줄곧 편하게 사는 것이 제일이라는 확신"으로 살아온 우유부단한 변호사는 이러지도 저러지도 못한 채 분노와 (인식의 범주를 넘어선 존재를 마주했을 때 느껴지는) 일종의 경외감 사이에서 번민한다.

그러던 어느 일요일, 교회에 가는 길에 잠시 사무실에 들른 변호사는 와이셔츠만 입고 있는 바틀비를 발견하고 놀라운 사실을 깨닫는다. 바틀비는 사무실에서 살고 있었던 것이다! "난생 처음으로 가슴을 찌르듯 밀려오는 우수의 감정"에 사로잡힌 변호사. 그는 바틀비의 불행한 처지에 연민을 느끼고 그를 돕기로 하지만 돌아오는 것은 물론 "안 하는 편을 택하겠습니다"라는 예의 무심한 대답이다.

바틀비의 고독을 상상하며 느꼈던 우울과 연민이 공포와 반발로 바뀌는 데에는 많은 시간이 필요하지 않다. 그는 바틀비를 해고하기로 결심하고, 넉넉한 퇴직금을 쥐어주며 나가줄 것을 요청한다. 대답은 뻔하다. 차마 경찰은 부르고 싶지 않은 변호사가 고뇌의 시간을 보내는 사이 바틀비가 충격 선언을 한다. 더는 필사를 하지 않겠다는 것이다. 마침내 변호사는 바틀비를 내버려둔 채 사무실을 옮기기로 하는데….

3

정말이지 기묘한 이야기지만 교훈은 있다. 누구도 바틀비를 이해할 수 없고, 그렇기에 바틀비를 흉내 낼 수도 없다는 것. 우리는 기껏해야 오전에는 더없이 온후하고 더없이 공손하지만, 반주를 곁들인 점심을 먹은 후에는 붉게 달아오른 얼굴로 호기를 부리는 영국인 필경사 '터키'가 되거나, 야망과 소화불량에 시달리며 자신이 무엇을 원하는지도 알지 못한 채 공연히 책상에 분풀이나 하는 혈색 나쁜 '니퍼즈'가 되거나, 아들이 판사석에 앉길 바라는 아버지 덕에 주급 1달러를 받으며 법률 문하생이자 심부름꾼이자 청소

부로 일하는 '진저 넛'이 될 수 있을 뿐이다. 물론 운이 좋다면 사람 좋은 변호사가 될 수도 있을 것이다. 먼저 로스쿨 등록금을 마련해야 하겠지만.

바틀비에게는 우리가 누군가의 요청, 특히 '갑'의 위치에 있는 사람들의 지시나 부탁을 거절할 때 드러내고야 마는 불안과 분노, 초조와 불손 같은 '평범하고 인간적인' 기색이 없다. 그는 무엇도 부정하지 않는다—단지 거절할 뿐. 그렇기에 그는 '부정의 부정은 긍정'이라는 낡은 문법에서 한 발 비켜설 수 있다. 지젝은 이렇게 말한다.

그의 "그렇게 하지 않는 것을 나는 선호한다"(I would prefer not to)는 문자 그대로 받아들여져야 한다: 그것은 "그렇게 하지 않는 것을 선호한다"이지 "나는 선호하지 (또는 상관하지) 않는다"가 아니다. (…) 이것이 우리가, 그것이 부정하는 것에 기생하는 "저항" 또는 "항의"의 정치학으로부터 헤게모니적 위치 그리고 그 부정 밖의 새로운 공간을 여는 정치학으로 이행하는 방식이다. (《시차적 관점》, 김서영 옮김, 마티, 746쪽)

그런데 빌어먹을 "부정 밖의 새로운 공간을 여는 정치학"이란 건 또 뭐란 말인가? 적절한 질문이다. 그것은 836페이지에 달하는 지젝의 《시차적 관점》을 읽어야 할 수 있는 이야기이고, 설령 읽는다고 해도 바틀비의 존재만큼이나 이해할 수 없는(적어도 나는 그랬다)

이야기다. 그러니 나는 그냥 이렇게 말해야겠다. 초조와 불손과 분노, 평범하고 프리랜서적인 불안은 감추지 못한 채, 그렇지만 무척이나 홀가분한 마음으로, 바로 이렇게.

"지금 당장은 아무것도 설명하지 않는 편을 택하겠습니다."

인물과사상 2013. 2.

있는지 없는지조차 더는 알 수 없는 구원자에게

"

이제 이 책은 내 것이라기보다는 당신의 것이라고 해야겠어요. 건강하시오.

— 알베르 카뮈·장 그르니에 《카뮈-그르니에 서한집》

며칠 후면 저는 서른세 살이 됩니다. 아니, 이미 되었네요.

언제나처럼 할 일을 미룬 채 게으름을 피우느라 마감을 넘기고 말았습니다. 뭐 대단한 걸 쓰겠다고, 하는 생각이 들지 않는 것은 아니에요(어떻게 그런 생각을 하지 않을 수 있을까요). 하지만 좋아하는 것에 대해 쓰기란, 그것이 무엇이건, 좀처럼 쉽지 않은 일입니다. 잘 알고 계시겠지만요.

늘 그렇듯이 저는 또 지각생이 되었네요(정확한 시간에 닿지는 못해도 약속은 엄수하죠). 그렇지만 사람은 본래 싫어하는 일에는 기꺼이 시간을 지키는 법이지요(치과에 가는 거라면 결코 지각을 하지 않거든요). 그 밖의 다른 사람들에 대해서는 완전히 믿고 마음을 놓는 거죠. 하기야, 우리가 사랑하는 사람들을 상대하는데 뭣하러 시간을 잘 지켜야 한단 말입니까, 그들은 변함없이 거기 와 있는데 말입니다.

–1949년 4월 25일, 알베르 카뮈가 장 그르니에에게 (244쪽)

몇 번이나 당신에게 편지를 써야겠다는 생각은 하면서도 많은 사람들이 그러하듯이 나도 점점 더 편지를 쓰는 일이 드물어집니다. 그러다보니 기껏해야 그다지 신경쓰지 않아도 되는 편지들에

나 엄두를 내어 답장을 하는 겁니다. 아무 관심도 없는 것들에 대해서만 말하면 아주 편하거든요!

—1950년 4월 7일, 장 그르니에가 알베르 카뮈에게 (265쪽)

해가 바뀌는 동안 저는 《카뮈-그르니에 서한집》을 읽었습니다. 제야의 종소리를 듣는 것도, 떡국을 먹는 것도 잊은 채 밤을 새워서요. 서른두 살의 저와 서른세 살의 제가 함께 읽었던 셈이지요. 일 년 동안의 독서, 라고 할까요. 하기야, 이건 그저 말장난에 지나지 않는 것인지도 모릅니다. 다만 해가 바뀌었을 뿐, 평소와 다름없는 걸음의 독서였으니까요. 덩달아 마감을 일 년이나 넘기고 말았지만 그 또한 놀랄 일은 아니겠지요. (혹시 당신도 마감을 넘긴 일이 있나요? 만약 있다면 어떤 핑계로 위기를 모면했나요?)

하지만 펼쳐진 책 속에서는 커다란 시간이 흐르고 있었습니다. 소설의 시간과는 다른 삶의 시간이, 28년이라는 적지 않은 세월이. 그동안 자신의 조용한 야망에 시달리던 청년 카뮈는 노벨 문학상을 수상한 세계적인 문호가 되었고, 그런 제자를 변함없이 지지하던 젊은 선생은 세상 많은 이들에게 영감을 주는 스승이 되었습니다(머리가 벗겨지기도 했고요). 그리고 그건 제게 제법 놀라운 일처럼 느껴졌습니다. 아니, 벗겨진 머리 말고, 그토록 오랜 동안 우정 어린 편지를 주고받았다는 사실 말이에요.

먼저 한 가지 고백할 게 있어요. 제가 사랑한 것은 그르니에가 아닌 카뮈였습니다. 언제나 그랬어요. 그르니에의 책을 아껴 읽던 시절이 없던 것은 아니지만—그것이 카뮈 때문이었다는 사실을 굳이 밝힐 필요가 있을까요?—가뭇없이 사라지는 시간을 살며 거듭 붙잡은 것은 결국 카뮈의 책이었으니까요. 종종 그르니에의 《섬》을 다시 펼치기도 했지만, 대개는 카뮈의 유명한 서문을 다시 읽기 위해서였습니다. 누군가 어떤 책에 대해 열렬한 사랑을 고백하는 순간은 언제나 감동적이죠. 특히 책을 읽고 글을 쓰는 일로 생계를 꾸려야 하는 어떤 사람들에게는.

그렇기에 이 서한집을 읽으며 저는 카뮈에게 스스로를 이입했습니다. 누구보다도 성공을 필요로 했던 어린 소년이 그토록 꿈꾸던 위대한 예술가로 성장하는 과정을 따라 읽었던 거예요. 그건 인류의 오랜 고전에서부터 소년 만화에 이르기까지 수없이 반복된 이야기라 해야겠지만, 동시에 언제 들어도 근사한 이야기가 분명하니까요. 그때 스승의 역할이란 젊은 제자가 품고 있는 가능성을, 그 씨앗을 세심하게 돌보는 일에 다름 아닐 것입니다. 그리고 우리는 아름다운 꽃에 감탄합니다—정원사의 노고가 아니라. "왼손은 그저 거들 뿐"이라는 어느 소년만화의 대사처럼, 대수롭지 않게 여기는 거죠.

그건 아마도 제가 덜 자란 어른이기 때문일 겁니다. 여전히 내 안의 가능성을 알아보고 길을 밝혀줄 누군가를 그리고 있기에—하지만 어느 누가 그러지 않을까요? 오늘 멘토를 자처하는 수많은 사람들과 그들의 말씀을 기다리는 독자들을 보세요. 그런 범박한 위로나 훈계, 가르침이 얼마나 도움이 될지는 잘 모르겠지만, 그건 또 다른 문제가 될 것입니다. 제가 지금 너무 나쁘게 말하고 있나요?

어쩌면 단순한 편집의 문제라고 말할 수도 있겠어요. 235통의 편지가 담겨 있는 이 서한집의 첫 26통은 그르니에에게 보내는 카뮈의 편지니까요. 그르니에가 카뮈의 모든 편지를 보관하고 있었던 것과는 달리, 언젠가의 카뮈는 그것들을 모두 태워버린 것입니다. "나는 어느 것 하나 빼놓지 않고 다 태웠소—나에게 가장 소중했던 이들—나의 자랑이었던 이들—내 마음을 따뜻하게 감싸주던 이들—그르니에, 외르공, 클로드, 잔, 마르그리트, 크리스티안, 모든 남자들, 모든 여자들. 모든 것이 다 타버렸소. 내 가슴속에서 과거의 오 년이 비워져버렸소." 그 마음이야 그저 짐작할 수 있을 뿐이지만, 제 마음을 말하자면, 그다지 아쉽지는 않았습니다. 카뮈의 편지가 남았으니까요. 그러니 아마 처음 생각이 맞을 겁니다.

그르니에가 카뮈를 만난 것은 1930년, 그가 알제의 한 고등학교에 철학교사로 일하고 있을 때였습니다. 그때 카뮈는 열일곱 살이었지요. 결핵으로 학교를 잠시 쉬었던 카뮈가 학업에 복귀한 1931년부터 그들은 친분을 쌓아가기 시작합니다. 물론 말처럼 간단한 일은 아니었어요. 두 사람 모두 조금은 조심스러운 성격의 사람들이었고—나는 당신이 이것을 소심함의 증표라고 생각하지 않았으면 좋겠습니다—그중 한 사람은 여느 청소년들처럼 세상에 대한 불신과 적의로 가득 차 있었으니까요. 그르니에는 당시의 카뮈를 이렇게 회상합니다.

위대함에 대한 욕망, 고귀함에 대한 동경은 그를 둘러싸고 있는

163

사물들을 선택하는 데에서도 드러나곤 했다. 그가 천성적으로 조심성 많은 사람이었다고 해서, 그에게 온정의 천품이 전혀 없었던 것은 아니다. 그의 조심성은 물론 "나를 건드리지 말라"는 취지를 함축하고 있었다. 그러면서도 진부한 것과 비열한 것에 대한 소박한 방어의 태도를 내포하고 있었으며, 더 나아가 그의 평가와 우정을 더욱 가치 있는 것으로 만들어주었다. 《카뮈를 추억하며》16쪽)

어때요, 당신이 생각하고 있는 카뮈와 닮았나요?

《카뮈-그르니에 서한집》의 첫 번째 편지는 카뮈가 그르니에에게 보낸 1932년 5월 20일의 편지입니다. "선생님의 견해를 저에게 유익한 가르침으로 삼겠습니다"라고 허두를 뗀 카뮈는 자신이 쓴 글을, 처음으로 써본 작품을 그르니에가 읽어주길 바란다고 쓰고 있습니다. "선생님께서 읽어보시고 소감을 말씀해주신다면 그에 따라 저는 제가 정했던 목표, 현재 저의 처지를 잊어버린 채 추구하고자 노력하려던 목표를 그대로 간직하든가 포기하든가 할 생각입니다." 과연 열아홉 살의 청춘답게 극단적이네요. 그르니에의 소감이 어땠는지 우리는 알 수 없지만, 한 가지 분명한 것은 그가 자신의 "처지를 잊어버린 채 추구하고자 노력하려던 목표"를 그대로 간직하고 마침내 이루었다는 사실, 그리고 그르니에의 역할이 결코 작지 않았다는 사실일 것입니다.

카뮈는 계속해서 그르니에에게 편지를 보냅니다. 그의 아버지나 다름없었던 이모부와의 갈등에서부터 평생을 짊어지고 가야했던 질병의 고통, 세계를 이해할 수 없는 청소년기의 불안과 그를 낙담과 희망 사이에서 끊임없이 왕복운동하게 했던 야망에 이르기까지 수많은 것들에 대한 조언을 구하고 있습니다.

한 가지 믿음에 자신을 바치기 위하여 모든 것을 다 포기한 다음에는 어떻게 해야 하는 것일까요? 그 믿음이 나를 으깨버리고 나를─벌거벗은 것처럼─혼자 버려두는데.

제가 느끼는 것은 반항도 아니고 절망도 아니고 그저 무관심입니다.

어쩌면 이건 결국 너무 고통스럽기 때문일 테지요─사실 저는 더이상 아무것도 모르겠습니다? 오직 선생님의 우정밖에는─그 또한.

A. C.

─1933년, 알베르 카뮈가 장 그르니에에게 (23쪽)

분명 이것은 우리가 알고 있는 카뮈의 모습이 아닙니다─쓸쓸한 표정으로 짧은 담배를 물고 있는 미남자, "참으로 진지한 철학적 문제는 오직 하나뿐이다. 그것은 바로 자살이다"라고 단호하게 말하던 작가, 이념도 사상도 아닌, 조금 촌스러울 정도로 '정의로운 것'을 추구하던 인간(이런 그를 가리켜 수전 손택은 "당대 문학의 이상적 남편"이라고 불렀죠. 물론 그것은 믿음직함, 관대함, 점잖음 등의 미덕과 함께 약간의 고리타분함을 의미하고 있을 겁니다). 하지만 바로 그런 고뇌의 시간이 있었기에 우리가 알고 있는 카뮈가 될 수 있었던 게 아닐까요? 제가 너무 당연한 이야기를 늘어놓고 있는 것 같군요, 죄송합니다.

지금 제겐 정말이지 꼭 한 가지 야심이 있을 뿐입니다. 인간이 되고 싶다는 것이지요. 가능한 한 가장 단순하게 말입니다. 물론 이것도 역시 오만이겠지요. 그러나 저는 지금 너무나 지쳐 있고 너무나 헐벗은 상태라서 이 오만이 제게는 유일한 보호장치인 것 같습니다. 삶에 대하여 아무것도 요구해서는 안 된다는 것을 깨달았습니다. 따지려고 들기 전에 받아들여야 한다는 것을요. 한사코 자기 자신에게 충실하고자 하는 것보다 그것이 더 낫습니다. 특히 저처럼 자신을 별로 잘 알지 못하는 경우는 특히 그렇습니다.

　　　　　　　　　　−1933년, 알베르 카뮈가 장 그르니에에게 (26쪽)

바로 이것이 훗날 《시지프 신화》로 발전하게 될 생각의 씨앗임을 우리는 곧바로 알아볼 수 있습니다. 하지만 그게 중요할까요? 언젠가 빅토르 프랑클 박사가 말했던 것처럼 "일이 다 끝난 뒤 다른 사람의 행동에 대해 이러쿵저러쿵 판결을 내리기는 쉬운 법"입니다(그러고 보니 "삶에 대하여 아무것도 요구해서는 안 된다"는 것은 프랑클이 주장이기도 하네요. 2차 세계대전을 각각 다른 상황, 다른 곳에서 치러낸 이들의 동시대적 감각일까요). 아마 오늘 우리라면 그런 그의 고민을

'중2병'이라느니, '허세 쩐다'느니 하는 간편한 말로 일축하고 넘어갔을지도 모를 일입니다. 뭐, 별수 없죠. 다들 각자의 시대를 사는 수밖에 없는 일이니까요.

그를 다시 생각하거나 그의 편지를 다시 읽을 때, 그리고 내 기억 속에서 그가 한 말들의 메아리를 들을 때면, 나는 기분이 좋아진다. 그리고 그가 공공연하게 내보인 확신과 때때로 드러낸 냉정함 또는 그의 단순한 초연하는 태도 사이의 대조, 그의 확신과 그가 끊임없이 마음속으로 물음을 제기했다는 점 사이의 대조를 거의 피부로 느끼게 된다. 전쟁 직전에 그는 나에게 편지를 써보내곤 했다. 그 편지들에서 그는 내가 기대하고 있던 것과는 반대로 진정한 사상가가 될 자신이 없다고, 사상의 역설적인 측면, 신랄하고 안이한 측면에 끌리고 있으며, 이는 이미 지적 정직성의 징표가 아니라고 토로했다. 그런데 이러한 근심은 그가 아마추어 예술가가 아니라는 것을 입증하는 것이었다. 《카뮈를 추억하며》 30쪽)

끊임없이 고뇌하고 낙심하던 카뮈를 지탱했던 것은 그르니에와의 우정이었습니다. 비록 카뮈는 그것을 일반적인 의미의 우정이라기보다는, 비굴함 때문이 아닌 특유의 촌스러움 탓에, 자신이 신세를 지고 있다고 생각하는 것을 더 좋아했지만요(반면 그르니에는 "당신이 내게 신세진 것이 있다고 하더라도 그것은 단지 나를 알게 되었을 때 당신의 나이가 아주 어렸었다는 이유 바로 그것밖에 없습니다"라고 말하며 그들의 관계가 동등함을 강조했습니다만, 이게 중요한가요?). 그들의 관계는 카뮈가 학교를 졸업하고 그르니에가 다른 나라로 떠난 후에도 계속되며, 시간이 흐를수록 오히려 더욱 깊어집니다.

카뮈는 언제나 스승에게 자신의 작품에 대한 조언을 구했고, 그의 의견을 전적으로 신뢰했습니다. 그렇기에 우리는 《카뮈-그르니에 서한집》을 통해 《이방인》, 《시지프 신화》, 《칼리굴라》 등의 초기 작품을 비롯한 카뮈의 작업에 대한 그르니에의 꼼꼼한 비평(때로는 첨삭)을 볼 수 있습니다. 하지만 이 책은 비평집이 아니고, 전기도, 그렇다고 소설도 아니기에 우리가 각각의 편지에서 느낄 수 있는 것은 우선 그들 생활의 냄새입니다—2차 세계대전 동안 겪어야 했던 식량난(카뮈는 직접 채취한 버섯을 가루로 만들어 그르니에에게 보내기도 합니다)에서 돈 문제(친한 사이에 돈거래는 하는 게 아니라고 하지만 그들은 과연 훌륭한 작가답게 신용을 지킵니다), 책이나(물자가 부족한 탓에 카뮈는 책을 쌌던 포장과 노끈을 돌려달라고 부탁하기도 합니다) 집을 구하는(그르니에는 카뮈에게 "무엇보다 '세입자'를 들이면 안 됩니다!"라고 강조합니다) 문제, 가족의 건강 문제와 시시콜콜한 생활의 문제들(그르니에는 손자를 위해 카뮈가 연출한 연극표를 부탁하기도 합니다)에 이르기까지, 그들의 소소한 일상이 마치 친한 친구의 그것처럼 가깝게 느껴집니다.

하지만 무엇보다 눈에 띄는 것은 서로에 대한 그리움입니다. 삶의 대부분을 각기 다른 나라에서 보낸 그들은 서로를 그리워하지만, 각자의 사정 탓에 많은 경우 만남은 어그러지고, 또 틀어집니다. 자꾸만 엇갈리는 연인들의 이야기를 보는 것처럼, 읽는 이가 더 안타까울 지경이에요. 아마 제가 드라마나 영화를 너무 많이 본 탓이겠지요.

오히려 부족한 것은 역사적인 사건들입니다. 2차 세계대전 중에도 식량난에 대한 토로와 몇 가지 일들을 제외하면, 그들의 편지에는 전쟁에 대한 이야기가 없습니다. 《이방인》과 《시지프 신화》를 통해 카뮈가 널리 이름을 알린 직후에도, 사르트르와 그 유명한 논쟁을 벌일 때에도, 그런 외부적인 사건들에 대한 별다른 언급이 없어요. 심지어 카뮈가 노벨 문학상을 받았을 때조차도, 몇 줄의 짧은 편지가 오고 갔을 뿐입니다.

이번에도▼ 과연 당신의 생일을 축하한다고 말할 필요가 있을까요?

생쥐스트의 글을 읽었더니 이런 말이 있더군요. "사람은 누구나 스물한 살이 되면 신전에 들어가서 이러이러한 사람들이 자신의 친구라고 엄숙히 선언해야 한다. 그리고 해마다 풍월(공화력의 제6월)에 그 사실을 다시 선언해야 한다."

앞당겨 그 사실을 선언하는 것을 양해해주시기 바랍니다.

J. G.

-1957년 11월 7일을 위하여, 장 그르니에가 알베르 카뮈에게 (336쪽)

(▼ 1957년 10월 16일, 카뮈는 자신이 노벨 문학상을 수상하게 되었다는 소식을 들었다.)

잠시 후면 투우▼가 끝날 것입니다. 황소가 죽었으니까요. 아니 거의 죽은 것이나 다름없으니까요. 애정 어린 인사를 전하며.

A. C.

─프랑신 카뮈가 스톡홀름에서 그르니에 부부에게 보낸 12월 13일자 엽서에 덧붙여, 알베르 카뮈가 장 그르니에에게 (337쪽)

(▼ 노벨상 수상에 따르는 각종 의무적인 행사들을 빗대어 하는 말.)

하지만 우리는 그 속에서 더 많은 것을 봅니다. 본다고 착각하는 것일지도 모르지만요. 이미 그들이 주고받은 편지를, 함께 나눈 시간을, 그리고 쌓아올린 관계를 알고 있으니까요. 어쩌면 그들의 개인적인 이야기를 읽으며 "모든 것이 개인에서 시작하고 개인으로 귀착한다"(87쪽)는 그르니에의 생각이나, "아마도 향수 때문인 것 같습니다만, 저는 이렇게하여 점점 더 인간의 몫 중에서 역사에 속하지 않는 일면으로 다가가게 됩니다. 우리가 역사 속에서 살아가는 것이 사실이라 해도 저는 우리가 역사 밖에서 죽게 된다는 것을 잘 알고 있습니다"(181쪽)과 같은 문장들의 의미를 곱씹어 생각할 수도 있겠죠. 아무래도 좋은 일입니다.

카뮈는 1959년 12월 28일의 편지에서 "《섬》의 새로운 판본을 받아 보았으면 했는데 출판이 늦춰졌나요?"라고 묻고 있습니다. 자신이 쓴 그 유명한 서문이 실린 새로운 판본에 대해서. 하지만 일주일 후인 1월 4일, 친구 미셸 갈리마르가 운전하는 자동차를 타고 파리로 가던 도중 교통사고를 당한 카뮈는, 두개골이 파열되고 척추가 부러지는 중상을 입고 그 자리에서 목숨을 잃고 맙니다. 유달리 쾌활한 어조로 쓴 편지의 마지막에서 자신이 한 인사를 지키지 못한 채—스스로의 죽음으로 부조리를 증명이라도 하려는 듯이.

며칠 전에 어떤 경관이 제 자동차를 세우더니 제게 무슨 글을 쓰느냐고 묻더군요(제 직업이 운전면허증에 기록되어 있었으니까요). 전 "소설을 씁니다"하고 간단히 대답했지요. 그랬더니 강조하듯 다시 묻는 거예요. "애정소설입니까, 아니면 탐정소설입니까"라고요. 마치 그 둘 사이에 중간은 없다는 듯이! 그래서 저는 이렇게 대답했습니다. "반반이죠, 뭐."

곧 다시 뵙겠습니다. 자주, 아주 자주 선생님을 생각하곤 합니다. 늘 같은 마음으로 말입니다.

선생님과 가족 분들의 건강을 빌며.
알베르 카뮈

—1959년 12월 28일, 알베르 카뮈가 장 그르니에에게 (360쪽)

반면 새해 첫날에 씌어진, 카뮈의 미래에 대한 기대로 가득한 그르니에의 마지막 편지는 다음과 같은 추신으로 끝을 맺습니다.

《섬》은 루르마랭으로 우송합니다.

―60년 1월 1일, 장 그르니에가 알베르 카뮈에게 (364쪽)

루르마랭으로 우송된 《섬》은 카뮈가 세상을 떠난 뒤에야 배달되었고, 카뮈는 "이제 이 책은 내 것이라기보다는 당신의 것이라고 해야겠어요. 건강하시오. 1960년 1월 1일, 장 그르니에"라고 서명된 그 《섬》을 결코 볼 수 없었습니다. 물론, 제가 가지고 있는 《섬》에도 그의 서명은 없고요.

이야기는 여기서 끝입니다.

그런데 말입니다. 문득 이건 너무 멜로드라마적인 편집이 아닌가, 하는 생각이 들었습니다. 그러니까 제가 지금 그들의 삶을, 작품을, 시대를, 역사를 모두 무시한 채 멋대로 잘라 붙이고 있는 것인지도 모르겠다는 생각이. 삶은 결국 이야기이겠지만, 결코 이야기만은 아니고, 더욱이 이런 통속적인 플롯의 이야기는(어쩐지 〔서프라이즈〕에 나올 것 같은 이야기가 되지 않았어요?) 아닐 테니까요. 역시 드라마나 영화를 너무 많이 본 탓이겠지요. 반성합니다. 새해에는 조금 줄이도록 할게요. 이왕 이렇게 쓴 것을 어쩔 수는 없었습니다. 죄송해요.

책장을 덮으니 서른세 살이 되었습니다.

아까 이야기했던가요?

기록적인 한파에 거리는 꽁꽁 얼었네요—실은 담배를 사러 딱 한 번밖에 나갔을 뿐입니다. 그것도 아주 잠시.

서른세 살의 저는 담배를 한 대 피우고(아까 사온 그 담배요), 《카뮈-그르니에 서한집》의 표지를 새삼스레 바라봅니다. 작은 얼굴들이 있고, 녹색의 원제와 검은색의 번역 제목이 있으며, '1932~1960'이라는 숫자가 있네요. 참, 그거 아세요? 그들이 편지를 나누기 시작하던 때의, 그러니까 1932년의 그르니에가 제 나이와 가깝다는 것을. 1898년에 태어났으니 우리 나이로 서른다섯이—다시 말해, 처음 카뮈를 만났을 때 그르니에의 나이가 바로 제 나이라는 뜻입니다. 저는 스스로를 언제나 카뮈 쪽에 대입해서 생각했는데 어느덧 이런 나이가 되어버린 거예요, 세상에.

그리고 그건 오직 저 자신만을 생각하며, 있는지 없는지조차 더는 알 수 없는 내면의 가능성을 끌어내줄 스승을, 길을 밝혀줄 그를, 한마디로 구원자를 기다리기에는 너무 나이를 먹었다는 뜻이기도 하겠지요. 그건 결국 성장하는 소년의 플롯에 집착하기엔 너무 늙었고, 진부한 멜로드라마의 플롯에 이입하기에는 너무 어리다는 이야기일 것입니다. 그걸 제외한 다른 것이 무엇인지는 잘 모르겠지만, 지금은 모른다는 것으로 그저 족하기로 하겠습니다. 아직 새해니까요. 날도 춥고.

　정리되지 않은 생각이 너무 많아 누군가에게 편지를 쓰고 싶었습니다―바로 이렇게.

　마음으로부터의 우정을 보냅니다.

　부디 건강하세요.

책세상 2013. 1.

좋은 선생도 없고 선생 운도 없는 당신에게

66

누구에게나 좋은 선생님은 존재하지 않는다.

— 우치다 타츠루《스승은 있다》

우리는 술을 마시고 있었다. 잘나가는 출판사의 유능한 편집자가 둘, 잠이 덜 깨 부스스한 머리를 하고 있던 구제 불능의 자유기고가가 하나였다. 장소는 물론 합정이 어울린다. 전통적으로 출판사들이 밀집한 지역이기도 하거니와, 파주 출판단지를 오가는 셔틀버스의 종착지 또한 합정인 것이다. 그리고 나는 삼 일 연속으로 술을 마시기 위해 그곳을 찾은 참이었다.

출판관계자와의 술자리가 무릇 합정이라면, 안주는 당연히 책이다. 우리의 청춘을 뒤흔든 책, 어두운 일상을 밝힌 섬광 같은 책, 줄어드는 페이지가 아쉬워 아껴 읽은 책과 요즘 읽고 있는 책. 그런 책, 책, 책들에 대한 이야기. 거짓말이다. 다만 직장인으로서의 건강한 자긍심과 조금 어두워 보이지만 마땅히 밝혀야 할 출판의 미래에 관한 이야기를 나누었던 기억이다. 미안하다. 이것도 거짓말이다. 그저 시시껄렁한 농담을 주고받으며 즐거운 시간을 보냈을 뿐이다. 아무리 출판관계자들이라고 해도 술자리에서까지 책 이야기나 해야 한다는 법은 없지 않은가?

시간이 흐르고 술병은 쌓인다. 유쾌한 목소리와 웃음 대신 침묵이 잔과 잔 사이의 시간을 채운다. 슬슬 자리를 파할 시간. 하지만 밤은 길고, 우리에겐 여전히 술이 부족하다. 별수 없이, 조금은 비통한 마음으로, 미뤄뒀던 이야기를 풀어놓기 시작한다. 우리의 밥

그릇에 담긴 이야기, 그러니까 책과 출판을 둘러싼 이야기들을. 비록 좋은 안주는 아니었고, 우리 모두 그 사실을 알았지만, 때론 타협이 필요한 순간이 있는 법이다.

우리가 선택한 주제는 '멘토'와 '힐링'이었다. 지난 2012년 출판계를 휩쓴 두 개의 키워드. 하기야 멘토라는 것이 힐링을 전파하는 사람을 뜻하게 된 모양이니 결국 하나의 키워드라 해도 좋겠다. 그리고 우리 모두는 그 단어를 좋아하지 않았다. 도대체 누가 누구의 멘토이고, 누구를 어떻게 힐링한단 말인가?

하지만 거기까지였다. 각자가 선 입장이 다른 만큼 의견은 쉬이 갈렸다. "사람들이 멘토와 힐링을 원한다면 그런 욕구를 채워주는 책이 사랑받는 건 당연한 거 아냐?" 누군가 말했고, "아무리 영양가 없는 속 빈 강정 같은 말이라고 하더라도 들어서 나쁠 건 없잖아?" 다른 이가 받았다. "그렇다고 꼭 그런 방식이어야만 할까? 굳이 생색내지 않으면서도 가르침과 위로를 주는 더 좋은 책들이 많잖아?" 내가 말했다. "그르타고 꼬옥 글언…" 어쩌면 이렇게 들렸을지도 모르겠다.

어느새 술자리에는 활기가 돌아왔고, 우리는 각자의 주장을 조금도 굽히지 않은 채 반박에 반박을 거듭하며 남은 술을 비웠다. 비록 팽팽한 의견 대립이 있었지만 누구도 다치지 않고, 한 방울의 피도 흘리지 않았으니 술이 우리를 '힐링'한 셈이라고나 할까. 그러니 나는 이렇게 말해야겠다. 참으로 넘치지도, 모자라지도 않는 술이었다고.

술이 깬 후에도 나는 종종 그날의 대화를 떠올렸다. 과연 유능한 편집자답게 그들의 말에는 일리가 있었고, 구제불능의 자유기고가답게 내 말은 횡설수설이었지만, 좀처럼 그들의 주장을 받아들일 수는 없었다. 자존심 때문이 아니다. 애당초 자유기고가에게 그런 게 있을 리 없다. 하지만 아무리 생각해봐도 부스스한 머리로는 해답을 찾을 수 없었고, 머리를 감고 또 빗어봐도 달라질 건 없었다. 다행히 그런 경우에 할 수 있는 일을 나는 알았고, 그것을 했다. 적당한 책을 골라 책상 앞에 앉았다는 말이다. 거짓말이다. 이불 위에 앉았다. 아마 눕기도 했을 것이다. 그렇지만 내가 잡은 것이 우치다 타츠루의 《스승은 있다》라는 제목의 책이었다는 사실에는 변함이 없다.

얼마 지나지 않아 나는 눈을 감고 자연스런 졸음에 몸을 맡기는 대신, 내가 언제나처럼 적절한 책을 선택했다는 사실을 알았다(정말이다. 그런데 내가 '언제나처럼'이라는 단어의 뜻을 제대로 아는 건지는 잘 모르겠다).

《스승은 있다》는 '좋은 선생도 없고 선생 운도 없는 당신에게'라는 부제와 《선생님은 훌륭하다》라는 원제가 말해주듯, 우리에게 스승의 필요성을 역설하는 책이다. 그렇다고 또 하나의 멘토링이나 딱딱한 설교가 아니냐고 오해하면 곤란하다. 오랫동안 대학에서 학생들을 가르쳤고, 은퇴한 후에는 무도관에서 아이들을 가르치는 선생 우치다 타츠루는 다른 누구와도 다른 그만의 목소리로, 선생이라는 존재에 대한 우리의 생각을 뿌리부터 흔들고 있다.

저자는 "누구에게나 좋은 선생님은 존재하지 않는다"고 잘라 말한다. 배움이란 "자동판매기처럼 동전을 넣으면 '자격'과 '졸업장'이 나오는 것"이 아니고, 스승이란 삼각김밥처럼 먹기 편하게 포장된 조언과 위로를 건네는 존재가 아니다. 한마디로, 스승은 기성품이 아니라는 것이다. 그것은 개인적인 관계, 차라리 연애에 가까운 무엇이다. 모두가 사랑하는 연예인보다는 나 혼자만 사랑하는 연인이 우리에게 더 소중한 것처럼, 필요한 것 역시 화려한 '스펙'의 멘토가 아닌 나만의 스승이다. 그런 이야기를 건네는 스승의 사려 깊은 목소리를 나는 즐겁게 들었다. 그리고 생각했다. 다음에 합정에 갈 일이 생기면 《스승은 있다》를 들고 가야겠다고.

참으로 넘치지도, 모자라지도 않는 책이다.

행복한동행 2013. 11.

진정성 있는 글을 기대한 독자에게

"

우리는 가짜인 것, 포장된 것, 인공적인 것들이 넘쳐나는 세상에 살고 있다. 어디로 눈을 돌려도 터무니없는 광고나 거짓말을 일삼는 정치인을 피할 길이 없다.

— 앤드류 포터 《진정성이라는 거짓말》

우리는 가짜인 것, 포장된 것, 인공적인 것들이 넘쳐나는 세상에 살고 있다. 어디로 눈을 돌려도 터무니없는 광고나 거짓말을 일삼는 정치인을 피할 길이 없다. 영양가라곤 없는 패스트푸드를 먹고, 짜인 각본대로 흘러가는 '리얼리티' TV쇼를 보고, 패키지 여행상품으로 휴가를 즐긴 후 패키지된 기억을 갖고 돌아온다. 또한 우리는 끊임없이 현실을 도피하기 위해 인터넷 세상으로 떠나고 페이스북 '친구'와 메시지를 주고받는 데 엄청난 시간을 소비하거나 게임 속 가상공간을 헤매고 다니며 한 번도 본 적 없고 만나도 못 알아볼 사람들의 아바타와 소통한다.

그러니 그에 대한 반작용으로 꾸밈없고 자연스럽고 진국인 것, 즉 '진정성'에 대한 욕구가 커지는 것도 당연한 일이다. 종교, 귀족제, 공동체, 국가주의 같은 가치의 전통적 원천들이 과학기술, 자본주의, 자유민주주의의 용매에 전부 녹아버린 세상에서 의미를 찾으려는 것이 바로 진정성 찾기다. 탈권위화·개인화·상업화된 이 환멸의 세계에 더 알맞은 무언가를 찾아 옛 가치의 원천을 대체하려는 지극히 근대적인 시도. 세속주의, 자유주의, 자본주의에 대한 본능적 반감과 근대세계에 의미 있는 삶이란 불가능하며 근대가 권하는 건 지위 상승과 소외의 해로운 조합뿐이라는 생각이 진정성 추구를 자극한다. 청바지나 식료품을 살 때, 휴가지를 고를 때, 음악을 들을 때, 정치인에게 투표할 때도 우리는 깊은 의미를 찾는다. 그때마다 매번 우리는 순수하고 즉흥적이고 진실하고 창의적이고 상업화·이해타산·이기심에 오염되지 않은 경험의 파편들, 세상에 남은 희망 한 줄기를 찾아내고자 애쓴다.

하지만 진정성 같은 건 존재하지 않는다. 적어도 허무한 삶에 의미를 되돌려줄 '최종 해결책'으로서의 진정성은 존재하지 않는다. 물론 경쟁과 이기주의, 속이 텅 빈 개인주의가 만연하고 진실한 인간관계와 참된 공동체가 사라진 천박한 소비주의 사회에 대한 우려는 정당하다. 그러나 이것은 불편한 모순을 야기한다. 천박성과 거짓됨을 자인하는 사람도 없고, 인공적인 대량생산품이 최고라고 주장하는 사람도 없고, 다들 그렇게 진정성을 갈망한다는데 어째서 세상은 날마다 점점 더 진정성을 잃어가는 것처럼 보일까? 그것은 진정성 추구가 지위 경쟁의 한 형태이며 과시용 소비와 과거로의 회귀를 지향하기 때문이다. 진정성을 찾으려는 현대인의 고투는 문제를 해결하기는커녕 도리어 악화시킨다.

표절 문제는 단편적인 예다. 진정성은 독창성과 밀접한 관련을 맺으며 무엇이 표절이냐 아니냐에 대한 판단을 돕는 역할을 한다. 문제는 독창성이 요구될수록 점점 더 독창적이기 어려워진다는 데 있다. 그래서 우리는 거짓말을 하거나 아이디어의 출처를 감추게 된다. 모든 작가는 (그리고 음악가, 미술가, 심지어 과학자도) 자신이 조금만 먼저 생각해냈더라면 정확히 그렇게 만들었을 것 같은 너무나 완벽하게 구축된 결과물을 맞닥뜨리는 순간이 있다. 그럴 때 그게 자기 작품인 척하는 행위는 표절이 아닌, 마치 진정한 자신의 일부인 무언가를 전용하는 것처럼 느껴지는 것이다.

바로 그것이 내가 지금 앤드류 포터의 문장을 마치 내가 쓴 것처럼 도용하고 있는 이유다. 나는 본문 여기저기에서 문장들을 훔쳤고 그것을 적당히 이어 붙였다. 불가피한 경우가 아니라면 수정도 하지 않았다. '진정성'이라는 단어에 몸서리치는 사람의 한 명으로서, 나는 조금만 먼저 생각해냈더라면 내가 정확히 《진정성이라는 거짓말》과 같은 책을 쓸 수도 있었을 거라는 깊은 확신을 느꼈기 때문이다. 진정성 있는 서평, 삶을 뒤흔든 강렬한 독서체험을 통해 서평자의 마음 속 심연에서 길어올려진 생명력 넘치는 문장들로 오롯이 이루어진 서평을 기대하신 독자 분들께는 심심한 사과의 말씀을 드리는 바다. 그래도 불쾌하시다면, 《진정성이라는 거짓말》을 읽어보시기를 권한다.

시사인 2016. 2.

시큰둥한 독자에게

"

밥값으로 책 사다. 이틀간 밥 안 먹기. 책 읽기 두렵지만 그래도 읽고 싶다.

— 윤성근《헌책이 내게 말을 걸어왔다》

1

집에서 가까운 거리에 서점이 있다는 건 멋진 일이다. 요즘처럼 동네서점을 찾아보기 힘든 시절에는 더더욱. 반면 코앞의 서점을 자주 찾지 않는다는 건 게으른 일이다. 과중한 업무에 시달리는 직장인도, 자영업자도 아니고 책을 읽고 글을 써서 밥을 버는 사람이라면 두말할 것도 없다. 그러니《헌책이 내게 말을 걸어왔다》를 시작하는 저자의 글을 읽으며 나는 뜨끔할 수밖에 없었다.

헌책방 일을 시작한 지 벌써 7년이 되었다. 다른 곳에서 직원으로 일한 것까지 합치면 거의 10년을 헌책방에서 책과 씨름하며 보낸 것이다. 헌책방은 책을 좋아하는 사람들이 모이는 곳이다. 책 읽기를 좋아하는 사람은 인터넷으로 가격을 비교하며 책을 산다. 그보다 책을 좋아하는 사람은 반드시 서점에 가서 눈으로 보고, 손으로 느껴본 다음 산다. 그보다 더 책을 좋아하는 사람은, 책과 사랑에 빠진 사람들은 헌책방에 모인다. 헌책방은 오래된 책을 사는 곳 이상으로 큰 의미가 있다. 그곳은 책과 사람이 만나 사랑을 나누는 장소다. (14쪽)

이상한 나라의 헌책방은 2007년 여름 은평구 응암동에 처음 문을 열었다. 내가 그곳을 안 것은 2009년 겨울의 일이다. 그즈음 출간된 《이상한 나라의 헌책방》을 반쯤은 호기심으로, 반쯤은 의무감으로 읽은 후에야 집에서 불과 200미터도 떨어지지 않은 곳에 책방이 있다는 사실을 알았다. 궁금했지만 좀처럼 찾아갈 마음은 들지 않았다. 당시 나는 인터넷으로 가격을 비교하며 책을 사는 사람들을 위한 서점에서 MD로 일하며 책과 씨름하고 있었고, 그것만으로도 이미 충분히 피곤했던 것이다.

처음으로 '이상북'을 찾은 것은 직장을 그만둔 2010년 봄의 일이다. 간판이 없어 같은 골목을 몇 번이나 맴돈 후에야 겨우 입구를 발견할 수 있었다. 마치 토끼굴을 발견한 앨리스 같은 기분이었다. 조금쯤 긴장했던 것도 같다. 평범한 서점을 찾는다기보다는 '책을 사랑하는 사람들의 비밀결사' 같은 곳을 방문하는 느낌이 들었던 것이다. 하지만 나는 책을 사랑하는 사람이 아니었다. 그렇게 말할 수는 없었다. 지난 3년 6개월간 하루에도 수십 권씩 쏟아지는 신간 속에서 허우적거리던 경험이 나를 시큰둥한 독자로 만든 것이다. 그러니 긴장할 수밖에. 어쩌면 손에 들린 책 꾸러미 때문이었는지도 모른다. 기왕 들르는 김에 필요 없는 책을 정리해서 '생활비'나 벌자는 생각에서 추린 것이었다.

책방은 조용했고, 아늑했다. 그전까지 내가 찾던 다른 헌책방들과는 달리, 발 디딜 틈 없이 책들이 쌓여 있지도 않았고, 퀴퀴한 냄새가 나지도, 먼지가 풀풀 날리지도 않았다. 모든 책들이 분야별로 정리되어 책장에 가지런히 꽂혀 있었다. 주인이 직접 읽지 않은 책은 팔지 않는다고 했던가. 과연, 그런 자부심이 납득되는 서가였다. 나는 한쪽 손에 든 책의 무게를 느끼며 천천히 책들을 돌아보았다. 익숙한 책도 많았고, 그렇지 않은 책도 많았다. 내 손에 들린 꾸러미와는 달리, 각각의 책들은 나름의 역사를 스스로 증명하고 있는 것처럼 보였다.

나는 그리 넓다고는 할 수 없는 책방을 몇 번이나 둘러보았다. 어쩐지 그래야 할 것 같았다. 그런 다음에야 주인에게 다가가 책 꾸러미를 내밀었다. 존 레논을 닮은 주인장은 웃으며 내게 말했다. 매입은 거의 하지 않는다고. 위탁 판매를 맡기거나 기증을 할 수 있다고. 대부분 읽지 않았고, 앞으로도 읽지 않을 그 책들을 기증하겠다고 말한 후 나는 재빨리 책방을 나섰다. 어쩐지 스스로가 부끄러웠다.

2

그리고 다시 3년 6개월이 흘렀다. 그동안 책을 읽고 글을 쓰는 일로 밥벌이를 하면서도 코앞에 있는 헌책방을 찾은 것은 손가락에 꼽을 정도다. 여전히 책에 대한 입장을 정리하지 못한 탓이다. 매주 반복되는 마감은 나를 무감각한, 때론 뻔뻔한 독자로 만들었고, '책을 사랑하는 사람들의 비밀결사'를 기웃거릴 자격이 내게는 없는 것처럼 느껴졌던 것이다. 그건 물론 게으름 때문이기도 했다. 몸의 게으름이 아닌 마음의 게으름.

책과 나의 관계를 한번쯤 정리할 필요가 있었다. 책은 내게 단지 밥벌이에 불과한가? 아마도. 하지만 그렇게 넘어가기엔 얽혀 있는 감정의 역사가 너무 깊었다. 그렇다면 여전히 책을 좋아한다고, 나아가 사랑한다고 할 수 있을까? 어쩌면. 하지만 사랑한다는 마음만으로 세상을 살아갈 수는 없는 일이다. 만약 당신이 직장도, 사업장도 없는 자유기고가라면 더더욱. 말하자면 책과 나는 생활과 감정의 틈새에 끼인 채 어디로도 움직이지 못하고 있었고, 그건 제법 지치는 일이었다.

그 무렵 《헌책이 내게 말을 걸어왔다》를 읽었다. 존 레논을 닮은 주인장, 윤성근 씨의 네 번째 책이다. 하지만 책의 주인공은 그가 아니다. 책에 대한 책이 으레 그런 것과는 달리, 유명한 작가들도, 그들이 쓴 책들도 아니다. 그가 주목한 것은 낯모르는 독자들이다. 그들이 책의 면지에 써내려간 짧은 글이다. 결코 짧지 않은 세월을 헌책 사이에서 일하며 틈틈이 모아둔 수많은 사람들의 흔적을 한 권의 책으로 엮은 것이다.

많은 사람들이 책에 무언가를 끼적인다. 책에 대한 감상이나 그날의 일기, 또는 다른 이에게 전하는 짧은 편지나 절절한 사랑 고백 같은 것들을. 누구에게나 그런 경험이 있을 것이다. 무언가를 적은 책들을 주고 또 받고, 때론 우연히 헌책방에서 구입한 책에 딸려온 낯모르는 이의 마음을 훔쳐보았던 경험이. 어쩌면 그건 별로 대수롭지 않은 일인지도 모른다. 하루에도 수십 번씩 지나치는 낯선 이들이 우리에게 대수롭지 않은 것처럼.

하지만 이상하지. 그저 한 자리에 모아놓았을 뿐인데, 그들의 짧은 사연들은 우리에게 적지 않은 울림을 준다. 책을 읽었던 마음을, 책과 맺었던 관계를, 그 처음을, 어느덧 까맣게 잊어, 잊었다는 사실조차 잊어버린 그때의 시간들을 다시금 돌아보게 하는 것이다. 그것은 이내 밥벌이의 고단함을 핑계로 점점 무감해져만 가는 나 자신에 대한 생각으로 이어졌다. 그러니까 읽고 쓰기에도 모자란 시간을 그런 고민으로 보내고 있는 스스로에 대한 질책으로.

지금으로부터 15년 전, 나와 같은 한자를 쓰는 누군가는 황지우의 시집 《어느 날 나는 흐린 주점에 앉아 있을 거다》 면지 한 구석에 이렇게 썼다.

"99. 1. 11. (서강인) 밥값으로 책 사다. 이틀간 밥 안 먹기. 책 읽기 두렵지만 그래도 읽고 싶다. - 연(淵) -" (36쪽)

아무래도 내년에는 헌책방에 좀 더 자주 드나들어야 할 것 같다.▼

인물과사상 2013. 11.

▼ 이미 예상하셨겠지만 이 글을 쓴 후로 나는 헌책방에 자주 드나들지 못했고, 이상한 나라의 헌책방은 가게를 옮겼다. 옆 동네로.

오직 매혹만이 존재하던 순수한 독서의 시간

"

나는 최적의 조건이 갖춰진 상태로 읽을 수 있을 때까지 독서를 미
뤄두기로 단호하게 마음먹었다.

— 마이클 더다《코난 도일을 읽는 밤》

언제나 고백이 되어버리는 이야기들이 있다. 이를테면 셜록 홈즈, 또는 셜록 홈즈, 그리고 셜록 홈즈의 경우. 일단 그 이름이 등장한다면 다음은 뻔하다. 사실 그를 좋아한다거나(새삼스럽게), 싫어한다거나(때와 장소를 가려서 말할 것), 한 번도 읽지 않았다거나(이런 사람을 본 적은 없지만), 그를 통해 독서의 재미를 알게 되었다거나(이렇게 말하며 조금이라도 부끄러워한다면 그를 멀리하시라) 하는 저마다의 고백이 이어지게 마련이다.

서평으로 퓰리처상을 받은 평론가 마이클 더다 또한 예외는 아니다. 그는 어린 시절, 표지만으로 자신을 사로잡았던 《바스커빌 가문의 개》를 마침내 손에 쥐게 된 날을 이렇게 회상한다.

도저히 거부할 수 없을 이 특별 선물 앞에서 내가 얼마나 안달했던지. 그러나 나는 최적의 조건이 갖춰진 상태로 읽을 수 있을 때까지 독서를 미뤄두기로 단호하게 마음먹었다. 최소한 폭풍이 몰아치는 어두운 밤 정도는 되어야 했고, 내 주위를 분산시킬 누이들이나 부모님이 전부 집을 비운 상황이어야 했다. (19쪽)

그 밤 이후 모든 것이 변했다. 그는 더 이상 이전과 똑같은 열 살짜리 소년이 아니었다. 《바스커빌 가문의 개》가 그에게 지워지지 않을 이빨 자국을 남긴 것이다. 당장 도서관으로 달려간 더다는 도서관 카드 목록에 적힌 A. 코난 도일의 이름을 찾았고, 그곳에 있는 셜록 홈즈의 이야기를 모조리 읽었다(한 권짜리 전집이었다). 그 후로도 반세기 넘게 이어질 기나긴 독서의 시작이었다.

그렇다면 《코난 도일을 읽는 밤》은 경애하는 작가에 대한 애정 고백인가? 일단은 그렇다. 우리에겐 제목조차 낯선 코난 도일의 작품을 줄줄 꿰는 그는, '셜로키언'들의 모임인 '베이커 가 특공대'의 대원으로 활동하며 홈즈의 모험에 단역으로 등장하는 랭데일 파이크(바로 더다의 특공대 이름이다)를 중심으로 한 2차 텍스트를 생산하기도 한다. 덕후도 이런 덕후가 없다.

하지만 '셜록 홈즈로 보는 스토리텔링의 모든 기술'이라는 부제가 말하고 있는 것처럼 《코난 도일을 읽는 밤》은 단순한 애정 고백으로 만족하지 않는다. 장르를 가리지 않았던 도일의 왕성한 창작욕을 통해 '글쓰기의 주목할 만한 본체'(너무 거창한 표현이라는 생각이 들지 않는 것은 아니지만)를 탐구하는 동시에, 우리에겐 단지 셜록 홈즈의 작가로만 기억되는 도일의 모든 작품과 삶을 아우르는 친절한 가이드가 되어주는 것이다.

그리하여 더다는 우리를 다시금 '폭풍이 몰아치는 어두운 밤'으로 돌아가게 한다. 숨죽이며 책장을 넘기던 어린 독자의 방으로. 오직 매혹만이 존재하던 순수한 독서의 시간으로. 우리가 시작했고, 언젠가 떠나왔지만, 결국에는 다시 찾게 될 '잃어버린 세계'로. 더다는 책의 마지막을 이렇게 쓴다.

"이제 나는 무슨 책을 읽어야 할까? 어쩌면 《백색 용병단》을 즐겁게 읽었기 때문에 코난 도일의 다른 역사 소설들, 그러니까 《위대한 그림자》라든가 《로드니 스톤》을 시도할지도 모르겠다. (…) 하지만 지금 당장은 《바스커빌 가문의 개》를 다시 들춰 봐야 할 것 같다. 어둡고 싸늘한 밤이다. 집에는 아무도 없다. 먼저 나는 전등 몇 개를 끌 것이다. 오렌지 크러시 병이 어디 있더라? 나의 시작 속에 나의 마지막이 있다."

시사인 2013. 9.

앞으로도 읽지 않을 독자에게

"

독자들에게 기억되고 각인되는 건 한 남자가 살해당했다는 사실이 아닙니다. 죽음이 닥친 순간, 그는 매끄러운 책상 위에 놓인 클립을 집으려고 책상 위를 긁고 있었고, 클립이 자꾸만 미끄러져서 불만스러운 표정이 얼굴에 가득했으며, 그의 입은 고통스럽다는 듯이를 드러내며 반쯤 벌어져 있었고, 그가 세상에서 마지막으로 떠올린 것이 죽음이었다는 사실입니다. 그는 죽음이 문을 두드리는 소리조차 듣지 못했죠. 그 망할 클립이 자꾸 손가락에서 미끄러졌고, 그는 그저 책상 모서리로 그 클립을 밀어 떨어지게 해서 잡을수 없었던 겁니다.

— 레이먼드 챈들러 《나는 어떻게 글을 쓰게 되었나》

레이먼드 챈들러에게.

당신이 '여자를 사랑하는 법'에 대해 쓴 편지 덕분에 아직도 좀 어지럽군요. 어떤 사람들은 노인네의 심술궂은 농담이라고 생각하는 거 같던데요. 나도 그런가 싶어 몇 번이나 다시 읽었지만, 이제 그만하죠. 우리들 중 누군가는 정신이 나갔어요. 틀림없이 나겠죠. 하지만 당신도 분명 제정신이라고는 할 수 없을 겁니다. 당신은 이렇게 썼어요.

나는 항상 그녀를 위해 차 문을 열어주고, 차에 타도록 도왔지요. 한 번도 그녀에게 무얼 가져오라고 한 적이 없어요. 항상 내가 가져다주었죠. (…) 이런 일들은 다 사소한 일들이라고 생각해요. 꽃을 계속 보내거나, 그녀의 생일엔 항상 일곱 가지 다른 선물들을 준비하고, 기념일에는 항상 샴페인을 마시는 것처럼. 그런 것들은 한편으로 작은 일이지만, 여자란 아주 부드럽고 사려 깊게 대해야만 하지요. 왜냐하면 여자니까요. (245쪽)

이렇게 당신의 편지를 옮기고 있자니 더는 격식을 차리고 싶은 마음이 사라지는군요. 솔직하게 묻겠습니다. 대체 술을 얼마나 마신 겁니까? 숙취를 해소하는 데 헛소리보다 나은 방법을 찾을 수

는 없었나요? 결혼을 코앞에 둔 이웃 청년에게 쓴 편지는 그보다
는 나았습니다. 여덟 개의 충고 중에서 두어 개는 꽤 유용했으니까
요. 이를테면 "2. 커피가 형편없어도 절대 말하지 말 것. 그냥 바닥
에 쏟아버릴 것"이라거나 "5. 다툼이 있을 때는, 잘못은 항상 당신
에게 있음을 명심할 것" 같은 것들이 그랬죠. 덕분에 저는 커피를
바닥에 쏟아버린 후 "미안해, 내 사랑, 다 내 잘못이야. 커피를 쏟
은 것도, 커피에서 젖은 신문지 맛이 나는 것도"라고 말할 수 있는
남편이 되었습니다(거짓말입니다)..

　종종 사람들과 당신 이야기를 해요. 맹세컨대 그때 당신의 작품
편에 서서 침을 튀기는 건 언제나 나죠. 당신이 쓴 대화에 대해서,
직유에 대해서, 정신 나간 여자들에 대해서, 그리고 말로, 무엇보
다 필립 말로에 대해서. 세상에는 두 부류의 사람이 있다는 사실을
아나요? 하나는 당신에 대한 칭찬을 늘어놓을 필요가 없는 부류고
(이미 나보다 당신을 더 잘 알고 있으니까요), 다른 하나는 칭찬이 소용
없는 부류죠(도무지 들을 생각을 안 하니까요). 책에 관심이 없다면, 좋
습니다. 하지만 책 좀 읽는다는 사람이라면, 더군다나 당신 책을
읽었다고 한다면, 정말로 진지하게 궁금해지기 시작합니다. 사람
들이 이제 글이 무엇인지를 모르는 건가? 작가가 글을 쓸 줄 아는
지 모르는지 판단하는 건 간단한 일이죠. 그저 글을 읽기만 하면
되니까요. 하지만 나는 나쁜 사람이 아닙니다. 내 결론은 이래요.
그들은 당신 책을 읽지 않았습니다. 읽었다고 거짓말을 하는 거죠.
당신이 '여자를 사랑하는 법'에 대해서 눈도 깜박하지 않고 거짓말

을 하는 것처럼.

그러니 내가 당신의 다른 편지들에 대해 무슨 말을 할 수 있을까요? 글쓰기와 다른 작가들과 할리우드와 필립 말로와 기타 등등에 대한 당신의 생각을 엿볼 수 있다고? 설마요. 어차피 두 부류의 독자가 있을 뿐이죠. 당신의 편지를 모은 《나는 어떻게 글을 쓰게 되었나》를 이미 읽은 독자와 앞으로도 읽지 않을 독자. 나는 다만 당신이 어떤 작가인지 말하는 것으로 만족하겠습니다. 언젠가 당신은 하퍼스 매거진의 편집자에게 보내는 편지를 이렇게 썼어요.

독자들에게 기억되고 각인되는 건 한 남자가 살해당했다는 사실이 아닙니다. 죽음이 닥친 순간, 그는 매끄러운 책상 위에 놓인 클립을 집으려고 책상 위를 긁고 있었고, 클립이 자꾸만 미끄러져서 불만스러운 표정이 얼굴에 가득했으며, 그의 입은 고통스럽다는 듯 이를 드러내며 반쯤 벌어져 있었고, 그가 세상에서 마지막으로 떠올린 것이 죽음이었다는 사실입니다. 그는 죽음이 문을 두드리는 소리조차 듣지 못했죠. 그 망할 클립이 자꾸 손가락에서 미끄러졌고, 그는 그저 책상 모서리로 그 클립을 밀어 떨어지게 해서 잡을 수 없었던 겁니다. (42쪽)

나는 이보다 근사한 살해 장면을 알지 못합니다. 정작 당신의 소설에는 저 장면이 등장하지 않으니까요.

시사인 2014. 4.

좋은 책에는 두 종류가 있다

"

어떤 것이 엄숙한 척하기 위해 존재한다면, 엄숙하게 그것을 하든
지, 아니면 하지 마라. 어정쩡하게 한다면 아무 의미도 없을뿐더
러, 심지어 거기엔 어떤 자유도 없다.

— 길버트 키스 체스터턴《못생긴 것들에 대한 옹호》

좋은 책에는 두 종류가 있다. 하나는 이 책을 내가 썼다면 얼마나 좋을까 생각하게 만드는 책이고, 다른 하나는 내가 쓴 것처럼 느껴져서 마지막 책장을 덮을 때 독서의 포만감이 아닌 집필의 포만감을 느끼게 만드는 책이다. G. K. 체스터턴의 《못생긴 것들에 대한 옹호》는 후자다. 나는 감히 그와 나를 비교하는 게 아니다. 그와 나를 동일시하는 것이다.

문제는 내가 브라운 신부가 등장하는 탐정 소설 시리즈와 기괴한 정치-스파이-스릴러-오컬트-블랙유머 소설인 《목요일이었던 남자》와 세속화된 교회와 세간의 편견에 맞서 '전통신앙'을 구해내려 한 《정통》과 이 자리에서 일일이 늘어놓을 수도 없는 온갖 종류의 글을 정력적으로 써내려간 영국의 작가가 아니라는 사실이다. 나는 한국의 서평가다. 그리고 그것은 커다란 문제다.

만약 내가 진실로 그의 에세이들에 나를 동일시한다면 나는 이 서평을 쓸 수 없다. 자기가 쓴 책에(진짜 쓴 건 아니지만) 자기가 서평을 하는 건 우스꽝스러운 일이기 때문이다. 물론 요약 정도는 할 수 있다. 실제로 체스터턴은 서문에서 자신의 책을 솜씨 좋게 요약한다. "나는 문학을 진지하게 받아들이는 사람들을 이해할 수 없다. 다만 그들을 사랑할 수는 있으며 사랑하기도 한다. 내가 사랑하는 마음으로 그들에게 경고하건대 이 책을 멀리하라. 이 책은 최

근의 화제나 상당히 덧없는 주제들을 다룬 조잡하고 짜임새 없는 글들을 모은 것이다."

만약 내가 마감에 쫓기느라 밤잠을 설친 한국의 서평가라면(이쪽이 진실에 가깝다) 나는 더더욱 이 서평을 쓸 수 없다. 피곤해서가 아니다. 자기계발서와 금주주의와 우생학과 크리스마스를 위한 칠면조 요리에 반대하는 사람들에 대한 체스터턴의 날카로운 비판(혹은 놀림)을 적절하게 소개하기 위해서는 그의 말을 고스란히 옮기는 수밖에 없기 때문이다. 중요한 건 내용이 아니라 그가 논리를 쌓고 다시 그것을 비트는 방식이다. 단어와 단어, 문장과 문장의 배열이다. 솜사탕은 설탕이 아니다.

따라서 나는 솜사탕을 묘사하거나 그것의 재료가 설탕임을 굳이 설명하거나 작은 통에 욱여넣으려 애쓰는 대신 당신에게 솜사탕한 조각을 떼어 줄 생각이다(달고 맵고 씁쓸한 솜사탕이다). 체스터턴은 이렇게 쓴다. "어떤 것이 오로지 우아함을 위해 존재한다면, 우아하게 그것을 하든지 아니면 하지 마라. 어떤 것이 엄숙한 척하기 위해 존재한다면, 엄숙하게 그것을 하든지, 아니면 하지 마라. 어정쩡하게 한다면 아무 의미도 없을뿐더러, 심지어 거기엔 어떤 자유도 없다. 남자가 숙녀에게 모자를 들어보이는 것은 관례적인 상징이 담긴 행동이기 때문에 이해할 수 있다. 아, 나는 그를 이해할 수가 있다. 사실, 그는 내가 너무나 잘 아는 사람이다. 또한 나는 옛 퀘이커 교도처럼 이 상징적 행위를 미신적 관습이라고 생각하기 때문에 숙녀에게 모자를 들어 보이기를 거부하는 남자도 이해할 수 있다. 하지만 존경을 표하는 방식이 아닌, 제멋대로인 존경 방식을 행하는 것에 어떤 의미가 있는가? 우리는 숙녀에게 모자를 벗어 보이지 않을 광신도도 존중한다. 그런데 피곤하다는 이유로 주머니에 손을 넣은 채 숙녀에게 대신 자기 모자를 벗겨 달라고 요청하는 남자는 어떻게 생각해야 할까?"

이제 당신은 이렇게 말할 수 있다. 서평이라는 게 소개와 설명을 위해 존재하는 건데 이렇게 어정쩡하게 할 거냐고. 나는 이렇게 대꾸하겠다. 서평을 읽는 게 읽을 만한 책을 고르기 위해서라면 서평에 대해 왈가왈부하지 말고 그냥 책을 읽으시라고. 나는 다만 "이 책을 읽으세요!"라고 말하고 끝내기에는 이 지면이 너무 넓어서 어쩔 수 없이 다른 말들을 늘어놓았을 뿐이라고.

세상에서 무엇이 잘못되었냐는 질문에 체스터턴은 이렇게 대답했다. "나요."

시사인 2015. 5.

당신이 읽은 책이 무엇인지 말해달라

"

"작가가 되기를 원하는 사람들은 서평을 읽겠지만, 진정으로 글을
쓰기를 원하는 사람들은 서평을 읽을 시간이 없어요."

— 파리 리뷰《작가란 무엇인가》

프랑스의 미식가 브리야 사바랭은 《미식 예찬》의 한 구절을 이렇게 썼다. "당신이 먹은 것이 무엇인지 말해달라. 그러면 당신이 어떤 사람인지 말해주겠다." 그럴듯한 말이다. 한국의 서평가인 나는 《서서비행》에 미처 쓰지 못한 문장을 여기에 쓴다. "당신이 읽은 책이 무엇인지 말해달라. 그러면 당신이 어떤 사람인지 말해주겠다." 물론 이 문장은 사실이 아니다. 그러니 내게 당신이 읽은 책을 말해줄 필요는 없다.

하지만 《작가란 무엇인가》를 읽는 당신에 대해서라면 이야기가 다르다. 60년의 역사를 가진 미국의 문학잡지 '파리 리뷰'에서 진행했던 작가 인터뷰 중 열두 편을 추린 책이다. 움베르토 에코에서 오르한 파묵, 무라카미 하루키, 폴 오스터, 이언 매큐언, 필립 로스, 밀란 쿤데라, 레이먼드 카버, 가브리엘 가르시아 마르케스, 어니스트 헤밍웨이, 윌리엄 포크너, 그리고 E. M. 포스터까지, 모두 쟁쟁한 작가들이다(그리고 나는 그들의 이름을 모두 나열함으로써 최소한의 리스펙트를 표했다. 결코 지면을 채우기 위해서가 아니다).

그럼 지금부터 당신에 대해 말해보겠다. 일단 당신은 책을 좋아하는 사람이다. 그중에서도 소설을 즐겨 읽는 독자다. 당신은 작가를 꿈꾸거나, 이미 작가이거나, 최소한 언젠가 한번쯤은 그런 꿈을 꿨을 것이다. 앞서 나열한 열두 명 중 좋아하는 작가가 하나 정도는 있을 테고, 둘이나 셋, 넷일지도 모르겠지만 설마 다섯 명은 아닐 것이다. 그리고 분명 어렸을 때 마당에 커다란 대추나무가 한 그루 있었겠지. 없었다고? 그럼 다행이다. 만약 대추나무가 있었다면 당신은 이 글을 영영 읽지 못할 수도 있었다. 큰 화를 입는 대신 이 글을 읽고 있는 것이니 액땜이라고 생각하시라(세상에 공짜는 없는 법이다). 아무튼 올 여름에는 물가를 조심해야 한다. 가을에는 횡재수가 있지만 지출은 규모 있게 하는 게 좋다.

미안하다. 하지만 아직 당신은 내게 말해주지 않았다. 《작가란 무엇인가》를 손에 든 당신이 제일 먼저 읽은 인터뷰가 누구의 것인지. 아직 읽지 않았다면 누구의 인터뷰를 제일 먼저 읽을 생각인지. 그때 비로소 나는 당신들 각자에게 말을 걸 수 있을 것이다. 하루키 인터뷰를 찾는 당신에게 하는 말과 포크너 인터뷰를 펼친 당신에게 해야 하는 말은 서로 다를 테니까. 당신들은 서로 다른 취향을, 나아가 다른 문학관을, 어쩌면 다른 세계관을 가졌을 테니까.

나로 말할 것 같으면 먼저 에코를 읽고 다음으로 파묵을 읽었으며, 다른 작가들을 읽은 뒤 마지막으로 포스터의 인터뷰를 읽었다. 한마디로, 순서대로 읽었다는 말이다. 그게 바로 서평가가 책을 읽는 방식이다. 한 손에 연필을 들고, 인용할 만한 부분을 찾아 밑줄을 그으며. 처음에는 그들의 글만큼이나 각기 다른 개성을 읽었고, 어느 순간부터는 (여전한 차이에도 불구하고) 그들이 공통적으로 말하는 것들에 주목하며 읽었다. 이런 것들이다 : 1) 같은 책을 반복해서 읽는다. 2) 비평가의 말은 듣지 않는다. 3) 유머 감각은 중요하다. 4) 가난과 궁핍은 작가의 적이다. 5) 어쨌거나 쓴다.

소설 읽기를 좋아하는 사람이라면 누구나 즐겁게 읽을 수 있는 책이지만, 무엇보다 직접 소설을 쓰고자 하는 사람들에게 추천하고 싶다. 특히 진정으로 작가를 꿈꾸는 당신이라면 다음과 같은 포크너의 말을 명심해야 한다. 비평의 기능을 묻는 질문에 포크너는 이렇게 답했다. "예술가들은 비평가들이 하는 소리를 들을 시간이 없습니다. 작가가 되기를 원하는 사람들은 서평을 읽겠지만, 진정으로 글을 쓰기를 원하는 사람들은 서평을 읽을 시간이 없어요."

시사인 2014. 2.

대체 무엇이 끊임없이 글을 쓰게 만드는지

66

나는 글쓰기를 그만두는 작가를 이해할 수 없네. 그건 심장을 파내어 변기에 넣고 똥과 함께 내려버리는 거나 똑같지. 나는 망할 마지막 숨이 넘어갈 때까지, 누가 그 글을 좋다고 생각하든 아니든 글을 쓸걸.

— 찰스 부코스키 《글쓰기에 대하여》

"귀사로부터 《휘트먼: 시와 산문》을 거절한다는 통지와 함께 원고 검토자들이 보낸 간단한 논평을 받았습니다. 꽤 근사하게 들리는 말인데요. 혹여나 원고 검토자가 더 필요하면, 저한테도 말씀 주십시오. 뭐가 되었든 일자리를 구할 수가 없으니, 여기라도 문을 두드려보는 게 어떨까 싶습니다."

1945년, 스물다섯 살의 찰스 부코스키는 원고를 거절하는 잡지 편집자의 편지에 답장을 보낸다. 허세를 부려보지만 어쩔 수 없는 초조함이 묻어나는 편지다. 얼마 남아 있지 않은 그 시절 그의 편지는 대개 비슷비슷하다. "더는 기다릴 수 없습니다. 아무런 답장을 못 받으면, 그게 답장이 되겠죠."(1946) "최근에 세상이 꼬맹이 찰스의 불알을 꽉 쥐고 있어서 기운을 다 빼버려서 작가 정신이 얼마 남아 있지 않아요."(1947)

젊은 부코스키의 작가 정신이 회복되기 위해서는 적지 않은 시간이 필요했다. "지금은 별로 많이 쓰지 않습니다. 저는 이제 서른세 살이 되어가고, 배불뚝이에 서서히 치매가 옵니다. 타자기는 술주정뱅이의 삶을 이어가려고 6년인가 7년 전에 팔아버렸고, 하나 더 사기에는 술값 말고는 돈이 별로 없습니다. 이제 이따금씩 손으로 작품을 쓰고 그림으로 강조를 합니다(여타 다른 미친 자들처

럼요)." (1953)

'술에 취해 보낸 10년(ten-year drunk)' 동안 부코스키는 도살장에서, 개 비스킷 공장에서, 시어스로벅 백화점 창고에서, 우체국에서 이런저런 잡일을 전전한다. 그 시절의 경험은 다른 부코스키의 경험들과 마찬가지로 한 권의 소설이 될 테지만 아직은 아니었다(당시의 경험을 담은 《팩토텀》은 1975년에 출간되지만, 1947년의 편지에 이미 "(장편을 쓴다면) 《축복받은 팩토텀》이 그 제목이 될 거고, 하층 계급의 노동자에 대한 소설이 될 겁니다"라는 언급이 있다).

대신 그는 "배에 구멍이 몇 개 생겨서 피가 폭포수처럼 쏟아지는 바람에 병원 자선병동에 가는 신세"가 되는데 죽다 살아난 그는 퇴원한 후 다시 술을 마시면 죽는다는 의사들의 경고를 무시하고 싸구려 와인을 마시며 다시 시를 쓰기 시작한다. "하지만 주로 예술이라는 것이 자기 자신을 위한 변명이고, 그건 예술이거나 다른 것이거나 둘 중 하나입니다. 시일 수도 있고, 치즈 조각일 수도 있는 거죠." (1959)

이후 그는 여느 작가들처럼 자신의 작품에 악평을 한 비평가를 욕하고("어째서 이 돼지새끼가, … 난봉꾼, 백합 냄새 피우는 놈이, 어째서 이 건달이 문학의 방법론을 아는 특별한 비평가 행세를 하고 다니는지.") 다른 작가들을 욕하고("많은 포크너 작품은 순수한 똥덩이예요. 그래도 영리한 똥이죠. 영리하게 차려입은 똥.") 독자("그들은 자기가 항상 들어왔던 것만 듣고 싶어해요.")와 출판 편집자("그 친구 나를 무슨 백치 같은 걸로 취급하오.")를 욕하며 조금씩 우리가 아는 '그' 찰스 부코스키가 되

어간다. 가난한 이들의 계관시인. 위대한 아웃사이더. 고양이를 사랑하는 호색한.

풋내기 신인에서 죽음을 눈앞에 둔 노작가가 되기까지, 반세기에 가까운 시간 동안 쓰여진 부코스키의 편지들을 연도순으로 엮은 《글쓰기에 대하여》를 읽는 것은 특별한(이 단어는 물론 진부하지만) 경험이다. 무엇이 한 작가를 끊임없이 글쓰기 작업으로 돌아가게 만드는지, 그것이 어떻게 한 사람의 인생을 망치는 동시에 그것을 살 수 있게 만드는지를 생생하게 보여주는 것이다.

일흔 살의 부코스키는 30년이 넘는 시간 동안 동고동락한 편집자 존 마틴에게 보내는 편지를 이렇게 끝낸다.

"나는 글쓰기를 그만두는 작가를 이해할 수 없네. 그건 심장을 파내어 변기에 넣고 똥과 함께 내려버리는 거나 똑같지. 나는 망할 마지막 숨이 넘어갈 때까지, 누가 그 글을 좋다고 생각하든 아니든 글을 쓸걸. 시작으로서의 끝. 나는 이렇게 될 운명이었지. 그렇게 단순하고 심오한 일이야. 자, 그럼 이에 대한 글은 그만 써야겠군. 그래야 다른 것에 대해 쓸 수 있을 테니."

시사인 2016. 8.

매너리즘에 빠진 서평가가 다시 글을 쓰는 법

66

나는 기억한다.

— 조 브레이너드 《나는 기억한다》

조 브레이너드의 이름을 처음 알게 된 건 박상미의 《나의 사적인 도시》에서였다. 박상미가 뉴욕에 머물며 보고 듣고 걸으며 느낀 것들을 기록한 책이다. 브레이너드의 이름은 2007년 8월의 기록에 등장한다.

　　조 브레이너드의 책을 사다. 《I Remember》. 평소에 기억력이 없어 불편이 많은 나는 이 책을 보고 깜짝 놀랐다. 그의 기억 한 줄마다 나의 기억들도 평행으로 펼쳐지는 걸 보고 '나도 기억하고 있는 게 꽤 많구나' 한 것이다. 그의 기억들은 예를 들면 이랬다.

　　내가 그린 첫 드로잉을 기억한다. 아주 긴 기차와 함께 신부를 그렸었다.

　　처음이자 마지막으로 본 엄마의 우는 모습을 기억한다. 그때 난 살구 파이를 먹고 있었다.

　　영화 《남태평양》을 세 번씩이나 보면서 엄청 울던 것을 기억한다.

　　장관이 되기로 마음먹었던 순간을 기억한다. 하지만 언제 되지 않기로 마음먹었었는지는 기억나지 않는다.

　　수많은 9월들을 기억한다.

　　(…)

167페이지짜리 책 한 권이 온통 이런 짤막한 기억들로 계속된다. 앞뒤의 일이 반드시 기억나는 것은 아니어도 결국, 열렬히 기억하고 있는 어떤 순간들. 우리는 이런 열렬한 기억의 순간들로 지탱되고 맥락을 갖는다. 살아간다. (128~129쪽)

짧은 소개지만 어쩐지 마음에 들어서 책장 귀퉁이를 접어두었던 기억이 난다. 《나의 사적인 도시》에는 그렇게 귀퉁이가 접힌 페이지들이 꽤 많은데, 브레이너드가 나온 부분을 제외하면 접어둔 이유는 기억나지 않는다.

브레이너드의 책이 《나는 기억한다》라는 제목으로 번역되었다는 소식을 듣고 조금 놀랐다. 번역되면 좋겠다고 생각했지만 정말 번역될 거라고는 생각 못 했기 때문이다. 국내에 널리 알려지지 않은 외국 화가(이자 그래픽 디자이너이자 문필가)가 쓴, 딱히 뭐라고 규정하기 힘든 장르의 책이다. 작가는 죽었지만 저작권은 살아 있다. 그렇다면 계산은 뻔하지 않나? 아니면 내가 뻔한 계산만 하는 인간이거나.

번역가 천지현은 일반적인 한국어 어순을 따른 박상미와 달리 "I remember"가 반복되는 원문의 구조에 충실하다. "나는 기억한다, 단 한 번 어머니가 우는 것을 보았던 때를. 나는 살구 파이를 먹고 있었다" "나는 기억한다, 《남태평양》을 세 번이나 보면서 얼마나 많이 울었던가를" 등등. 덕분에 반복이 만들어내는 리듬은 살아났지만, 평이한 문장으로 이루어진 원문이 주는 친숙함은 다소 사라졌다. 이것은 선택의 문제다. 어떤 선택이 더 낫다고 말하기는 힘들다.

조 브레이너드의 기억은 아주 작고 사소한 것에서부터 대부분의 사람들은 차마 말 못 할 부끄러운(때로는 성적인) 것에 이르기까지 폭넓고 종잡을 수 없다. 그는 그 모든 기억을 폴 오스터의 말마따나 "온화하고 젠체하지 않는 태도와, 세상이 그의 앞에 내놓은 모든 것에 대한 차분한 관심으로" 쓴다. 그의 기억은 우리에게 우리들 각자의 기억을 떠올리고 그것을 "나는 기억한다"라는 문장으로 써보도록 부추기는데, 실제로 미국의 많은 교사들이 "나는 기억한다"라는 형식을 글쓰기 수업에 활용한다고 한다. 내 생각에는 학생뿐 아니라 매너리즘에 빠진 서평가에게도 도움이 될 것 같다. 말하자면 이런 식이다.

나는 기억한다, 초등학교 시절 이불 속에서 손전등을 켜놓고 읽던 책들을.

나는 기억한다, 누가 시키지도 않았는데 밤새 글을 쓰고 맞던 아침을.

나는 기억한다, 내가 처음으로 받은 원고료를. 그때 나는 평생 이렇게 먹고 살면 좋겠다고 생각했다. 하지만 언제부터 그 생각을 후회하기 시작했는지는 기억나지 않는다.

나는 기억한다, 이게 다 뭐 하는 짓인지 이해해보려 했던 것을. (산다는 것 말이다.)

시사인 2016. 6.

서평가의 손버릇

"

나는 손버릇이 꽤 나쁜 것 같다. 뭔가 마음에 들면 내 것으로 만들어야 직성이 풀린다.

— 리처드 웬트워스《예술가의 항해술》

《예술가의 항해술》은 영국의 문예지 '화이트 리뷰'에 실렸던 예술가들의 인터뷰를 모은 책이다. 인터뷰이의 목록은 다음과 같다. 한스 울리히 오브리스트, 리처드 웬트워스, 구스타프 메츠거, 쥘리아 크리스테바, 리베카 솔닛, 머리나 워너, 뤽 타위만스, 파울라 헤구, 존 스테제이커, 엘름그린&드락셋, 소피 칼, 유르겐 텔러. 본 서평은 책을 따라 인터뷰 형식으로 작성되었다. 편의상 질문자는 금으로 답변자는 연으로 표기한다.

금 이 책을 고른 이유가 궁금하다.

연 원래 서경식 선생의 《내 서재 속 고전》에 대해 쓰려고 했다. 책도 읽었다. 그런데 담당 기자로부터 그 책을 이미 다루었다는 이야기를 들었다. 언론에 대해 내가 이해하지 못하는 수백 가지 것들이 있는데, 그중 하나는 그들이 중복을 호환마마보다 싫어한다는 점이다. 물론 지면은 한정되어 있고 책은 많으니 어쩔 수 없는 부분이 있을 것이다. 하지만 때론 두 권의 책에 대한 두 개의 글보다는 한 권의 책에 대한 서로 다른 두 개의 글이 더 필요한 경우도 있다.

금 당신은 지금 상식적인 인간을 흉내 내고 있는 것처럼 보인다. 하지만 상식이 있는 사람이라면 인터뷰 형식으로 서평을 쓸 것 같지는 않은데.

연 그 밖에도 여러 다양한 서평이 가능하다. 달리면서 쓰는 서평부터 수영하면서, 배를 타고 노를 저으면서, 택시 안에서, 비행기 안에서, 또 흔하게는 침대에서 쓰는 서평까지. 형식의 변화는 균질화에 저항하는 한 방법이다.

금 그건 한스 울리히 오브리스트의 말을 단어 몇 개만 바꾼 것처럼 들린다.

연 그런 면이 없지 않다. 나는 손버릇이 꽤 나쁜 것 같다. 뭔가 마음에 들면 내 것으로 만들어야 직성이 풀린다.

금 그 또한 리처드 웬트워스의 말이다.

연 때때로 텍스트는 새로운 맥락을 부여받음으로써 더 의미심장해지거나 더 급진적인 성격을 띠게 되기도 한다.

금 이건 엘름그린과 드락셋… 넘어가자. 인터뷰를 읽을 때 중점적으로 보는 게 있나?

연 질문이나 답변의 내용보다는 방식에 주목하는 편이다. 솔직하거나 위악적이거나 넘치거나 모자라거나 질러가거나 돌아가는 각자의 스타일이 흥미롭다. 물론 내용도 중요하다. 내가 몰랐던 이야기를 들으며 배움을 얻기도 하고 익히 아는 이야기를 통해 그들과 나 사이의 공통점과 차이점을 찾기도 한다. 일례로 머리나 워너는 어린 시절 부모 몰래 이불 속에서 손전등을 켜고 책을 읽던 이야기를 하는데, 나도 그랬다. 심지어 그 시절에 푹 빠져서 읽은 책도 같다. 코난 도일의 《바스커빌 가문의 개》.

금 차이점은?

연 그들은 훌륭하고 난 아니라는 것.

금 그걸 알기 위해 굳이 책 한 권을 읽을 필요는 없을 것 같다. 가장 인상적이었던 인터뷰는 무엇이었나?

연 한스 울리히 오브리스트와 존 스테제이커. 큐레이팅이라는 개념과 작업 방식으로서의 콜라주는 요즘 내가 줄곧 생각하는 것들이다. 그 밖에도 인상적인 이야기들이 많았는데 솔직히 잘 기억나지 않는다. 나이를 먹어서 그런가, 요즘은 책을 읽어도 남는 게 별로 없다.

금 그렇다면 왜 책을 읽는가?

연 읽지 않으면 그조차 남지 않으니까. 리베카 솔닛은 이렇게 말했다. 세상에는 책이 없으면 못 사는 사람과 그렇지 않은 사람이 있다. 책을 읽어도 좋고 안 읽어도 그만인 사람이 있는 한편 책의 마법에 걸려 다른 세상에, 책들이 사는 세상에 사는 사람이 있다.

금 마지막 질문이다. 이렇게 혼자 묻고 답하는 서평을 쓴 소감이 어떤가?

연 금연을 해야겠다는 생각이 든다. 연금을 들거나.

금 당신은 좋은 인터뷰이는 아닌 것 같다.

연 당신도 좋은 인터뷰어는 아니다.

시사인 2015. 9.

어떤 탈출

66

인내란 딱히 패배가 아니다. 오히려 인내를 패배라고 느끼는 순간부터 진정한 패배가 시작되는 것이리라. 애당초 '희망'이란 이름도 그 정도 생각으로 붙인 것이다.

— 아베 코보《모래의 여자》

배고팠던 시절을 회상하는 에세이의 한 구절을
폴 오스터는 이렇게 썼다.

나는 서른 살이 될 때까지 잡문으로 생계를 유지했고 결국 그것
때문에 인생의 낙오자가 되었지만 거기에는 어떤 낭만적인 생각이
있었던 것 같다. 가령 나 자신을 아웃사이더로 선언하고 훌륭한 인
생에 대한 일반적인 통념에 휩쓸리지 않고 혼자 힘으로 해나갈 수
있다는 것을 입증하고 싶은 욕구 같은 것. 내 입장을 고수하고 물
러서지 않으면, 아니 그렇게 해야만 내 인생은 훌륭해질 터였다.
예술은 신성한 것이고 예술의 부름에 따르는 것은 예술이 요구하
는 어떤 희생도 치르는 것, 목적의 순수성을 끝까지 지키는 것을
뜻했다. (《빵굽는 타자기》62쪽)

며칠 후면 나는 서른세 살이 되고 로또라도 당첨되지 않는 한 그
때까지 잡문으로 생계를 유지하고 있을 게 분명하며 결국 그것 때
문에 인생의 낙오자가 되었지만 거기에는 어떤 낭만적인 생각도
없었다. 언젠가 회사를 그만두던 내게 한 상사는 "잘난 척하지 마
라"고 말하기도 했지만 잘난 척을 하려는 것도 아니었다. 세상에
잘난 척을 하기 위해 불행의 아가리에 제 머리를 들이미는 인간이

어디 있단 말인가?

그러니 이렇게 말하는 게 낫겠다. 어쩌다 사회학자가 되었다는 피터 버거의 고백을 따라 나 역시 '어쩌다' 서평가가 된 것뿐이라고. 그 정도 핑계로는 납득할 수 없다면 사사키 아타루의 《잘라라, 기도하는 그 손을》의 몇몇 문장을 인용할 수도 있을 것이다.

읽고 만 이상, 거기에 그렇게 쓰여 있는 이상, 그 한 행이 아무래도 옳다고밖에 생각되지 않는 이상, 그 문구가 하얀 표면에 반짝반짝 검게 빛나 보이고 만 이상, 그 말에 이끌려 살아갈 수밖에 없습니다. (34쪽)

반복적으로 읽는다는 것은 정면으로 받아들일 수밖에 없게 된다는 것을 의미합니다. 그리고 그렇게 살아갈 수밖에 없게 된다는 것을 의미합니다. (45쪽)

결국 모든 것은 '어쩌다' 책을 읽었기 때문이다. 어떤 불행은 그렇게 시작된다. 어쩌다, 도대체 어쩌다… 후회해도 이미 늦다. 물은 엎질러지고, 책장은 넘어간다. 페이지를 되돌릴 순 있어도 이미 읽은 것을 어쩔 수는 없는 일이다. 그리고 그것이야말로 독서의 진정한 폐해다. 오늘 나는 그렇게 말해야겠다.

물론 책을 읽은 사람들이 모두 서평가가 되지는 않을 것이다. 어지간해서는 그런 생각, 다시 말해 잡문으로 생계를 유지하겠다는 명청한 생각을 하느라 인생의 낙오자가 되지도 않을 것이다. 잘된 일이다. 낯모르는 그이의 가계를 위해서는 물론이고, 그들과 경쟁하느라 더욱 위태로워졌을 나의 생계를 위해서라도, 정말 다행한 일이 아닐 수 없다.

그렇다면 질문. 도대체 어떤 사람이 그런 멍청한 생각을 하는 걸까? 다시 말해, 서평가가 되기를 바라는 사람이 정말 있긴 한 걸까?

시인이나 소설가를 꿈꾸는 사람이 있다. 출판사나 서점, 헌책방이나 북카페에서 일하거나, 직접 운영하기를 희망하는 사람도. 도서관 사서를 준비하는 사람이 있고, 학교에 남아 연구활동을 하려하는 사람도 있다. 그 밖에도 책과 관련된 수많은 직업이, 그것에 종사하려 하는 사람들이 있다. 그들 각자에게는 때론 낭만적이거나(폴 오스터적인 의미에서) 때론 현실적인(해가 갈수록 앓는 소리만 커지는 업계에 제 발로 걸어 들어오는 일을 현실적이라고 할 수 있는지는 조금 생각해봐야겠지만) 저마다의 이유들이 있을 것이다. 예술이라는 이상의 추구와 취미와 직업의 조화라는 비교적 소박한 희망 사이의 어딘가에 존재할 이유들. 나는 그들의 꿈을 존중한다. 그들이 자신의 소중한 꿈을 이루기를 진심으로 바란다. 하지만 그것이 서평가라면, 묻지 않을 수가 없는 것이다. 도대체, 왜?

표준 답안은 이렇다 : 독자들에게 정보를 제공하기 위해. 그럴듯한 대답이다. 하지만 정보는 넘쳐난다. 인터넷 서점의 도서 정보 페이지를 보라. TV나 신문, 잡지 등 전통적인 매체의 북섹션은 물론이고 블로그, 트위터, 페이스북 등의 사용자가 직접 작성하는 정보들은 또 어떤가. 그러니 인정하자. 너무 많은 정보가 문제다. 사사키 아타루에 의하면 사람들이 책을 읽지 않는(못하는) 것도 바로 그 때문이다.

질 들뢰즈의 강력한 말이 있습니다. "타락한 정보가 있는 게 아니라 정보 자체가 타락한 것이다"라는. 하이데거도 '정보'란 '명령'이라는 의미라고 말합니다. 그렇습니다. 다들 명령을 듣지 못하는 게 아닐까 하는 공포에 사로잡혀 있습니다. 정보를 모은다는 것은 명령을 모으는 일입니다. 언제나 긴장한 채 명령에 귀를 기울이고 있는 것입니다. 구체적인 누군가의 부하에게, 또는 미디어의 익명성 아래에 감추어진 그 누구도 아닌 누군가의 부하로서 희희낙락하며 영락해가는 것입니다. 멋지네요. 명령에 따르기만 하면 자신이 옳다고 믿을 수 있으니까요. 자신이 틀리지 않다고 믿을 수 있을 테니까요. (22쪽)

쏟아지는 건 정보만이 아니다. 책 또한 마찬가지다. 그런 상황에서 온라인 서점 MD로 일한다는 것은 아베 코보의 세계에서 일하는 것이나 다름없다. '어쩌다' 해안 사구 마을에 감금되어 밤마다 집으로 쏟아지는 모래를 퍼내는 강제노역에 시달려야 했던 운 나쁜 남자가 등장하는 《모래의 여자》의 세계. 장마철의 곰팡이처럼 책상 위의 책 더미는 무럭무럭 자라나고, 책상과 책상 사이로 높은

벽이 세워지며, 가끔씩은 (실제로) 책들에 깔리기도 한다. 아무리 필사적으로 책을 치워도, 다음 날이면 그것은 고스란히 돌아온다.

그러니 너무 많은 책 사이에서 독자들이 길을 잃지 않도록 도와줄 길잡이가 필요하다고 말하는 사람도 있을 법하다. 그들은 서평이 그런 역할을 할 수 있다고, 해야 한다고 말한다. 그럴 듯한 말이다. 이때 서평가는 공정한 판관이 되어, 혹은 감별사가 되어 각각의 책에 대해 최대한 객관적인 평가를 내려야 할 것이다. 그렇다면 누가 그런 서평을 쓸 것인가?

사상, 비평, 학문, 지식이나 정보를 둘러싼 이런 분야에서는 두 가지의 전형적인 형상을 발견할 수 있습니다. 한쪽을 '비평가'라고 부르고 다른 한쪽을 '전문가'라고 부릅시다. 현재 대부분의 사회과학이나 심리학적인 지식을, 그것도 위에서 강림한 것 같은 그런 지식을 배경으로 하고 있는 '비평가'들은 '모든 것'에 대해 '모든 것'을 알고 있고 또 그렇게 말할 수 있다는 환상에 사로잡혀 있습니다. 그러므로 그들은 언제 무엇에 대해서도 재치 있는 코멘트를 할 수 있어야 한다는 초조감에 시달리게 됩니다. 그리고 '전문가'들은 '한 가지에 대해 모든 것을 알고 있다'는 환상에 매달립니다. 결국은 둘 다 환상에 지나지 않습니다. (23쪽)

다시 말해 '비평가'로서의 서평가인가, '전문가'로서의 서평가인가? 어쩌면 서평가라는 애매한 직업군의 사람들은 두 종류의 환상 모두에 시달리고 있는지 모른다. 그들은 사회과학이나 심리학적인 지식을 배경으로 '모든 분야'의 책에 대해 '모든 것'을 말한다. 그들이야말로 '책'에 대해 모든 것을 알고 있는 전문가이기 때문이다. 그런데 정말 그런가? 이 질문은 중요하다. 만약 그렇지 않다면, 우리에게는 어떤 서평가가 믿을 만한 서평가인지를 '객관적으로' 평가해줄 또 다른 심판이 필요하기 때문이다. 굳이 말하자면 '서평가평가' 정도 될까? 그리고 다시 그 '서평가평가'를 평가해줄 '서평가평가평가'와 '서평가평가평가평가'가, 그리고 '서평가평가평가평가평가'와 또…. "잘난 척하지 마라"는 말은 이럴 때 하는 거다. 그건 결국 "위에서 강림한 것 같은 그런 지식"에 매달린 채 쓸데없이 공정한 척, 객관적인 척하지 말라는 뜻이다. 그렇다면? 당신은 물을지 모른다. 도대체 서평가는 무엇을 써야 하는가, 혹은 서평가는 무엇을 쓸 수 있는가?

하지만 이 자리는 그 질문에 대한 답을 하는 자리가 아니다(내가 답을 모른다는 사실은 비밀이다). 내겐 그보다 시급한 당면문제가 있다. 그러니 내가 던져야 하는 건 바로 이런 질문이리라 : 나는 어쩌다 서평으로 생계를 유지하겠다는 멍청한 생각을 하느라 인생의 낙오자가 되었나?

돌아보면 나는 다만 도망치고 싶었을 뿐이다. 온라인 서점의 MD라는 직업으로부터, 너무 많은 책으로부터? 눈앞에 있지만, 읽기엔 시간이 너무 부족한 그 책들로부터.

퇴직금과 약간의 저축으로 당분간 생활은 가능할 거라고 생각했다. 한두 개의 외고를 납품하고 있긴 했지만 그것으로 가계를 충당하겠다는 생각은 하지도 않았다(제정신이 박힌 사람이라면 누구나 그랬을 것이다). 설령 그것 때문에 현실적으로 곤란한 문제들이 생기더라도 《모래의 여자》의 주인공 니키 준페이를 따라 '벌이 없으면 도망치는 재미도 없다'고 생각하기로 했다.

과연 도망치는 재미는 쏠쏠했다. 너무 재미있어서 미칠 것 같은 날들이 나를 기다리고 있었다.

퇴직 후 운 좋게 원고 청탁을 받는 일이 늘어났지만, 생계를 꾸리기에는 턱없이 부족했다. 얼마나 부족했는지 이 자리에서 늘어놓기에는 지면이 턱없이 부족할 정도다. 결국 퇴직금이 바닥났다. 회사를 그만두고 1년 6개월 만의 일이었다(퇴직금이 많았던 게 아니다. 원고 수입이 많았던 것도 아니다. 다만 지출을, 특히 도서구입비를 대폭 줄였을 뿐이다). 초중교 독후감 대회 심사 같은 일회성 아르바이트를 하기도 했지만, 무너지는 댐을 막는 네덜란드 소년의 작은 몸처럼 역부족이었다. 통장 잔고와 생활 아닌 생활, 앞이 보이지 않는 미래에 대해 생각하는 시간이 늘어났다. 재취업을 생각하기도 했다. 하지만 그런 생각은 게으름을 이기지 못했다. 어지간한 충격이 아니면 게으름은 물러서지 않는 법이다.

충격은 예상치 못한 방식으로 왔다. 2011년 12월 24일의 안개 낀 아침, 천안논산고속도로를 타고 있던 내게 물리적인 방식으로. 96중 추돌사고에 휘말린 것이다. 차는 완파되어 폐차장으로 보내졌고, 네 명의 탑승자는 모두 2주 동안 병원 신세를 져야 했다. 꼼짝없이 연말연시를 병실에서 보내야 했다. 하지만 불평만 할 수도 없었다. 우리는 보험금을 받았고, 그것은 수십 개의 원고를 납품해야 가능한 금액이었다.

보험금이 떨어질 무렵에는 출판사와 책을 계약했고, 계약금을 받았다. 첫 번째 책. 계약금이 떨어질 무렵에는 책이 출간되어 인세를 받았다. 그러는 동안에도 계속해서 책을 읽고, 원고를 납품했다. 하지만 여전히 원고 수입은 적었고, 생계는 빠듯했다. 생각에 시달리는 일이 잦아졌다. 혼자 술을 마시던 어느 새벽 온라인 서점에 등록된 《서서비행》(부제는 '생계독서가 금정연 매문기'였다)이라는 책의 보도자료를 보며 눈물을 흘리기도 했다. 살면서 적지 않은 보도자료를 읽었지만 그렇게 슬픈 보도자료를 본 것은 그때가 처음이었다. 시간은 어김없이 흘렀고, 나 역시 그 시간을 살아내고 있었다.

조지 오웰은 《나는 왜 쓰는가》에 실린 '어느 서평자의 고백'이라는 짧은 글에서 일반적인 서평가를 묘사하며 "특별한 경우가 아니라면 영양실조 상태일 것이고, 최근에 반짝 운이 좋았다면 숙취로 힘들어 하고 있을 것이다"라고 썼다. 그리고 그건 바로 나다. 어쩔 수 없이 다시 찾은 병원에서는 내시경 검사를 하자고 했다. 혈액 검사도 해야 한다고 했다. 비용은 대략 30만 원. 며칠 후 병원을 나서던 내 눈이 눈물로 흐려졌던 건 기계에 엉덩이를 내주었다는 굴욕감 때문만은 아니었다.

그런데 바로 그다음 날, 한 통의 전화가 걸려왔다. 한 번도 원고를 기고한 적 없는 잡지의 청탁 전화였다. 원고료는 30만 원이라고 했다. 내 속을 들여다보는 대가로 내가 의사에게 지불했던 바로 그 금액이었다.

하지만 뜻밖의 지출은 거기서 끝나지 않았다. 며칠 후 혈액 검사 결과를 듣기 위해 찾아간 병원에서는 추가적인 조치가 필요하다고 했다. 10만 원. 그러자 이틀 후, 역시 한 번도 원고를 기고한 적 없는 잡지에서 그만큼의 원고료를 주겠다는 청탁 전화가 걸려왔다.

우스운 우연이었다. 나는 간단한 테스트를 해보기로 했다. 재정 상황을 점검한(그건 정말 간단한 산수였다) 나는 '얼마'의 돈이 필요하다는 결론을 내렸다. 나와 내 통장에게 약간의 심리적 안정을 줄 수 있는 돈이었다. 나는 '얼마'가 필요하다고 생각하고, 생각했으며, 생각했다. 밤이 새도록, 생각에 생각을 거듭했다. 그러자 정말 그 돈이 당장 필요한 것처럼 느껴지기 시작했다.

그리고 아침이 밝았다. 또 한 통의 전화가 걸려왔다. 출판사에서 일하는 친구의 전화였다. 그는 내게 '거부할 수 없는 제안'을 했고, 보수로 바로 그 '얼마'만큼의 금액을 제시했다. 정확히 같은 금액을. 그때 내 입에서 나도 모르게 흘러나온 '씨발'이라는 감탄사는 아마 이런 뜻이었으리라 : "론다 번과 이지성이 옳았단 말인가!" 나는 웃을 수도, 울 수도 없었다.

아무리 그래도 인생을 '시크릿' 가득한 '꿈꾸는 다락방'으로 만들 수는 없는 일 아닌가? 그래서 나는 거절했다. 거짓말이다. 다만 내가 할 수 있는 일이 아니라고 판단했을 뿐이다. 서평이라면 쓸 수 있다. 다른 종류의 글도 물론 좋다. 그게 내가 하는 일이니까. 하지만 그의 제안은 내가 할 수 있는 일이 아니었다. 만약 그게 할 수 있는 일이었다면, 나는 《시크릿》류의 자기계발서 또한 쓸 수 있을 것이다. 한번 써봐?

  일을 거절한 후에도 돈 나갈 일은 계속해서 생겼다. 병원에서는 또 다른 추가비용을 요구했고, 어머니의 생일이 돌아오기도 했다. 그리고 다시, 《기획회의》의 청탁을 받았다. 바로 이 글을 써달라는 청탁을. 물론 원고료는 병원과 어머니의 생일을 위해 내가 쓴 돈과 얼추 비슷한 금액이었다. 우스워도 너무 우스운 일이었다.

  문득, 나는 이집트를 탈출하던 히브리 노예들을 생각했다. 그들 앞에 하얗게 쏟아지던 '만나'를 생각했다. 창밖에는 올겨울의 첫 함박눈이 쏟아지고 있었다. 그리고 나는 생각했다. 아직도 내겐 도망쳐야 할 거리가 남아 있는 모양이라고, 써야할 서평이, 글들이 좀 더 남은 모양이라고. 나는 비록 신자는 아니었지만 게을렀고, 내가 게으른 한 앞으로도 적지 않은 불편함을 참을 수 있을 것이다. 그게 바로 내가 하는 일이었다.

  인내란 딱히 패배가 아니다. 오히려 인내를 패배라고 느끼는 순간부터 진정한 패배가 시작되는 것이리라. 애당초 '희망'이란 이름도 그 정도 생각으로 붙인 것이다. (《모래의 여자》 209쪽)

기획회의 2012. 12.

남의 말은 그만 인용해

"

남에 대해 글을 쓰는 사람은 그 글에서 자기 자신에 대해서도 쓰지
않을 수 없다.

— 마르셀 라이히라니츠키 《나의 인생》

"남에 대해 글을 쓰는 사람은 그 글에서 자기 자신에 대해서도 쓰지 않을 수 없다." 라이히라니츠키의 말이다. 그러니 나는 라이히라니츠키의 자서전에 대한 서평을 빙자해 자신에 대한 "어떤 기대와 바람"을 늘어놓을 수도 있을 것이다. 이를테면 폴란드 출신의 유대인이라는 이유로 대학 입학을 거부당했지만 독학으로 '문학의 교황'이라는 칭호를 얻은 그의 이력을 통해 나 역시 대학원은 다니지 않았지만 '문학의 추기경'은 될 수 있지 않겠냐며 야심 찬 출사표를 던질 수도 있고, "글은 훌륭하고 때론 세련됐다는 생각도 들었지만, 평범한 견해를 그렇게 엄숙하고 장황하게 표현하는 게 정말 필요하고 올바른 일인지 의문이 들었다. 혹시 아무것도 없이 텅 빈 것을 미화한 것은 아닐까?"라는 부분을 들며 시중에 유통되고 있는 어떤 평론들에 대한 불만을 제기할 수도 있으며, 나아가 "케케묵은 이야기이지만 들을 때마다 새로운 이야기가 있다. 어느 작가가 어느 평론가를 어떻게 생각하느냐 하는 것은 그 평론가가 해당 작가에 대해, 특히 그의 최신작에 대해 뭐라고 썼느냐에 달려 있다는 것이다"라는 주장에 빗대 실체는 모르겠지만 소문은 무성한 가상의 '문단'을 비판할 수도 있다는 말이다. 어디 그뿐인가, "문학은 얼마든지 재미있어도 되고 또 재미있어야 한다는 것을 알게 되었고 훗날에도 나는 이 사실을 잊어버린 적이 없다"라는 문장을 끌어와 문학에 대한 모든 엄숙주의를 거부하는 엄숙함을 뽐낼 수도 있고, "결국엔 문학에 대한 사랑, 때론 섬뜩할 정도의 이 열정이 평론가인 나로 하여금 비평 활동을 하게 하고 내 직분을 다하게 만들었다"는 고백을 반복하며 문학은 사랑이라는 아름다운 진리를 또다시 설파할 수도 있으며, "그때 처음 알았다. 아니 어쩌면 그냥 예감에 불과했는지도 모른다. 사랑은 끝 모르는 중독이라는 것을. 사랑에 행복해하고 사랑에 빠진 이들의 황홀경은 광란으로 이어져온 세상에 반항하고 거역하려 한다는 것을. 사랑은 축복이자 저주이고, 은혜인 동시에 재앙이라는 것을. 사랑과 죽음은 하나이며, 우리는 죽을 운명이기에 사랑한다는 깨달음이 벼락처럼 나를 내리쳤다"는 회고를 통해 사랑이라는 것의 속성을 새삼스레 늘어놓을 수도 있을 것이다. 그것도 아니라면 "무용학원에도 가본 일이 없다. 후회막급이다. 어쨌든 나는 한 번도 춤을 배운 적이 없다"는 후회를 따라하지 않기 위해 지금이라도 책을 덮고 댄스 학원에 등록해야겠다는 개인적인 다짐을 하거나, "자신에게 일을 준 사람을 부드러우면서도 단호한 방법으로 화나게 하거나 완전한 궁지에 빠뜨리고도 아무렇지도 않게 생각하는 사람이었다. 독보적인 재능을 타고났지만, 치명적인 의지박약, 극복하기 힘든 게으름과 둔감하도 타고난 작가였다. (…) 불성실함과 책임감은 그가 동시에 가진 특성이었다"는 쾨펜에 대한 단평에 기대 이미 마감을 넘긴 이 글을 붙잡고 있는 자신을 정당화하거나, "과거에도 나는 침묵하는 편이 낫다고 보고 평을 쓰지 않은 책이 꽤 있었는데,

지금 돌이켜보아도 그 결정이 잘못되었다고 생각하지 않는다. 오히려 많은 책에 대해 침묵하지 않았던 것을 탓해야 한다"는 문장을 빌려 아직도 이 글을 포기하지 않는 자신을 탓할 수도 있다. 하지만 그렇게 하지 않는 편을 택해야겠다. 어느 것 하나 이 '어느 비평가의 유례없는 삶'에 대해 말하는 적절한 방식은 아닌 탓이다. 그렇다고 1920년에 태어난 반항적이고 잘난 척 좋아하는 유대인 꼬마가 2차 세계대전과 20세기 중반의 유럽 정치사를 맨몸으로 겪어 낸 후 문학에 대한 사랑(과 위트와 독설)만으로 연고 하나 없는 독일에서 문학의 교황에 오르기까지의 과정을 드라마틱하게 요약할 마음도 없다. 그건 내가 잘하는 일이 아닐뿐더러 이미 너무 많은 지면을 써버렸기 때문이다. 그가 비평했던 동시대 작가들, 그러니까 귄터 그라스니 하인리히 뷜이니 토마스 베른하르트니 페터 한트케니 마르틴 발저니 하는 쟁쟁한 이름들을 들먹이며 한 사람의 서평가로서, 그리고 독자로서 라이히라니츠키는 참으로 축복 받은 사람이구나, 같은 말을 하고 싶기는 하지만 어차피 한 줄이면 끝나는 말이고 그런 작가들을 가지지 못한 것은 우리 시대의 불운일 테니 구태여 이 자리에서 불평을 늘어놓을 이유도 없다.

그렇다면 남은 것은 "나는 독자에게 내가 훌륭하고 아름답다고 여기는 책들이 왜 훌륭하고 아름다운지를 설명하고자 했다"라는 라이히라니츠키의 말을 따라 그의 자서전이 훌륭한 이유를 설명하는 일이겠지만, 그거야 책을 읽으면 자연스레 알게 될 일이다. 라이히라니츠키도 아닌 내가 구태여 설명할 필요는 없단 말이다. 그러니 나는 이렇게 말해야겠다. 계간《문학동네》를 펼쳐 이 글을 읽고 있을 정도로 문학이라는 것에 관심이 있는 당신이라면 문예지 따위는 던져버리고 당장《나의 인생》을 읽으라고. 내게 지면을 내준 잡지를 던져버리라고 말해도 되는 건지 조금 고민이 되기도 하지만, 어차피《나의 인생》을 다 읽은 후 다시 집어 들면 그만이다.▼ 분명 무언가 얻는 게 있을 테고, 그때 당신이 얻을 것은 순전히 당신의 것이므로 나는 참견할 생각이 없다. 다만 나의 경우, 그건 일종의 부끄러움이었다는 사실을 밝혀둔다. 40년 동안 무려 8만 권의 책을 비평하고, 졸작이라고 판단한 작품에 대해서는 혹평을 주저하지 않으며, 그런 자신에게 쏟아진 수많은 비난에 대해서는 "문학을 생업으로 삼는다는 것은 늘 위험한 법이다. 이 활동을 진지하게 하는 사람은 많은 모험을 해야 하며, 되로 주는 사람은 말로 받기 마련이다. 그러니 나로서는 한탄할 까닭도 없고 불평할 이유도 없다"라며 담담히 넘기는 동시에 "비평 없는 문학은 존재하지만 문학 없는 비평은 존재하지 않는다는 것"을 잊지 않았던 비평가 앞에서 부끄럽지 않기란 힘든 일이다. 인용으로 가득한 짧은 글을 쓰는 동안에도 삶과 직업과 책에 대한 온갖 저주를 멈추지 않았던 직업적인 서평가라면 더더욱.

　마지막으로, 젊은 시절의 라이히라니츠키와 연상의 여인이 나누었던 대화를 인용하며 이 글을 마친다.

▼ 잡지에 글을 실을 때랑 자기 책에 실을 때 마음이 다르니 나도 참 간사한 인간이다. 어쩌겠는가. 잡지는 던져도 된다. 그렇지만 이 책은 던지지 말아주시기를.

"문학은 직업이 아니라 저주예요."

"남의 말은 그만 인용해." (175쪽)

문학동네 2014 여름호

실패를 모르는 멋진 문장들

초판 1쇄 발행 2017년 6월 9일
초판 3쇄 발행 2021년 5월 10일

지은이 | 금정연
발행인 | 김형보
편집 | 최윤경, 박민지, 강태영, 이경란
마케팅 | 이연실, 김사룡, 이하영
디자인 | 송은비
경영지원 | 최윤영

발행처 | 어크로스출판그룹(주)
출판신고 | 2018년 12월 20일 제 2018-000339호
주소 | 서울시 마포구 양화로10길 50 마이빌딩 3층
전화 | 070-8724-0876(편집) 070-8724-5877(영업)
팩스 | 02-6085-7676
이메일 | across@acrossbook.com

ⓒ 금정연 2017

ISBN 979-11-6056-017-6 03800

이 도서의 국립중앙도서관 출판시도서목록(CIP)은 e-CIP 홈페이지(http://www.nl.go.kr/ecip)와
국가자료공동목록시스템(http://www.nl.go.kr/kolisnet)에서 이용하실 수 있습니다.
(CIP 제어번호: CIP2017008970)

만든 사람들
편집 | 서지우
디자인 | 오필민
일러스트 | 윤미원